Klaus Böldl

Südlich von Abisko

Erzählung

S. Fischer

Collection S. Fischer
Herausgegeben von Jörg Bong
Band 100
Veröffentlicht im Fischer Taschenbuch Verlag GmbH,
Frankfurt am Main, September 2000
Druck und Bindung: Clausen & Bosse, Leck
Gesetzt aus der Trump Mediäval
auf Apple Macintosh
mit Quark Xpress 4.04 im Verlag
Printed in Germany
ISBN 3-596-14979-7

Südlich von Abisko

I

Das Stationsschild über dem Eingang des Backsteinbaus verkündet in großen Buchstaben, dass Abisko dreihundertachtundachtzig Meter über dem Meeresspiegel sowie eintausendfünfhundertundsechs Kilometer von Stockholm entfernt liege. Als ich dieses Schild damals durch das Fenster des einfahrenden Zuges zum ersten Mal sah, hatte ich das Gefühl, als ob man damit einer Verunsicherung begegnen wollte. Als sei es mit Hilfe eines solchen Schildes möglich, Abisko unter die Tatsachen einzureihen. Es in ein beruhigendes Verhältnis zur messbaren und überprüfbaren Wirklichkeit zu setzen. Als gliche Abisko den anderen hundert winzigen Dörfern ganz oben im Norden und führe nicht ein seltsam vages und durchsichtiges Dasein, als schwebe es nicht in der ständigen Gefahr zu verdämmern, gleich einer Erinnerung, oder wie man selbst, wenn man nur lange genug gedankenlos vor sich hin gelebt hat. Die Wirklichkeit will immer wieder behauptet und festgehalten sein, schien mich das Stationsschild belehren zu wollen, und doch wird diese Wirklichkeit einen nicht lange bei sich behalten, nicht allzu lange.

*

Meine Laune war nicht die beste am Tag nach meiner Rückkehr aus Abisko, an dem Sonntagmorgen, als ich auf dem Spielplatz vor dem Haus saß. Keine Menschenseele war da außer mir, wie gewöhnlich. Die Wippe und die Schaukel glichen Museumsstücken, deren ursprüngliche Funktion längst in Vergessenheit geraten ist. Es ging mir, wie ich da so saß, durch den Kopf, wie fließend die Grenzen zwischen Museum und Wirklichkeit, zwischen Exponat und Gebrauchsgegenstand doch im Grunde sind. Heute arbeitest du dich auf für einen halbwegs gefüllten Kühlschrank, dachte ich, morgen glotzen die Besucher der kraniologischen Abteilung eines Naturkundemuseums durch deine leeren Augenhöhlen.

Von Zeit zu Zeit kam eine Elster aus dem Gehölz geflattert. Hinkte ein paar Meter über den Weg, machte einen Satz auf den niedrigen blaugestrichenen Lattenzaun, der den Sandkasten umgibt, und flog dann wieder davon.

Vorne an der Straße steht ein Schild, das Autofahrer zur Vorsicht vor spielenden Kindern ermahnt. Aber diese Kinder müssen längst erwachsen sein. Oder sie sind noch gar nicht geboren. Jedenfalls gibt es in unserer Straße kaum Kinder, was ich nicht bedauere. Ich habe mit Kindern schon nichts anzufangen gewusst, als ich selbst noch eines war. So kommt es mir zumindest vor. Den Kindern ging es ihrerseits mit mir nicht anders. Damals. Denn heute übe ich auf Kinder eine mysteriöse Anziehungskraft aus. In der Tunnelbahn oder auf Parkbänken klettern sie an mir hoch, lassen Schneckenhäuser oder Abziehbilder in meinen Jacketttaschen verschwinden, ziehen an meinen Haaren, flüstern mir etwas ins Ohr und reißen mir die Hemdknöpfe ab. Als wollten sie mich von sich überzeugen. Und manchmal gelingt es ihnen, für Augenblicke. Aber schließlich sind sie doch Menschen, die Kinder, in der reinsten und ausgeprägtesten Form, in der diese unerfreuliche Gattung überhaupt vorkommt.

Noch etwas anderes macht mich den Kindern abgeneigt: dass sie uns mit ihren Spielen fortwährend an die Zukunft erinnern, an die Zeit, da wir verschwunden sind und sie unsere Plätze eingenommen haben werden. Völlig ungeniert üben sie diesen Zustand ein, vor unseren Augen, das ist es, was auf den Spielplätzen beständig vor sich geht. Der Spielplatz vor dem zweistöckigen Ziegelhaus im Westen von Stockholm, in dem ich wohne, ist hingegen fest in der Hand der Vergangenheit. Denn am Rand des Spielplatzes, dort wo der bewaldete Abhang zum Bahngleis beginnt, befindet sich eine Grabstätte. Eine Steinsetzung aus der Eisenzeit, ausgewiesen durch ein Kunststofftäfelchen der kommunalen Denkmalverwaltung.

Es ist ein tief in die Erde eingesunkener, oben glatter Granitblock, von kleineren Steinen etwa in einem Halbkreis umgeben. Der Grabfels ist zu einem großen Teil mit Flechten überwachsen. Ältere und jüngere, abgestorbene und noch lebende Flechten sind deutlich zu unterscheiden. Ihre Färbungen sind dunkelgrau, hellgrau, graugrün und schließlich leuchten sie an manchen Stellen in feuchtem Gelbgrün. Aber es gibt keine Schattierungen, keine Übergänge zwischen diesen vier Tönen. Darüber habe ich viel nachgedacht. Obwohl es sehr viel Wichtigeres zu überlegen gäbe, könnte jemand einwenden, vielleicht nicht ganz zu Unrecht. Aber das Nachdenken über Flechten hat im Vergleich zum Nachdenken über die Menschen seine Vorteile. Flechten sind genügsam. Sich auf eine Flechte zu reduzieren, dafür aber Jahrhunderte unberührt existieren zu dürfen: Das wäre wohl kein schlechter Tausch.

An diesem Sonntagmorgen saß ich eigentlich nur da, wie so oft, auf der Bank vor dem Grab, mit aufgekrempelten Hemdsärmeln, die Beine ausgestreckt, den Kaffeebecher neben mir: Ich kann mich nicht erinnern, wann es im September einmal noch so warm gewesen wäre. War in Abisko die ganze Natur beklommen von der Erwartung des Winters, der freilich eine über ein halbes Jahr währende Erstarrung und Verfinsterung mit sich bringen würde, so war es in Stockholm noch beinahe sommerlich. Es herrschte auch dieses ganz besondere Licht, ein Licht, wie es nur an Sonntagen vorkommt und vielleicht nur in Schweden. Alles wirkte wie mit einem Firnis überzogen: die Büsche, die glänzten, als habe es gerade geregnet, das hohe Gras zwischen den weißen Stämmen der Birken und den hellbraunen der Kiefern, die Steine und unten die zimtfarbenen Häuser, deren Konturen man hinter dem Geäst erahnen konnte, dort wo das Blattwerk sich doch schon etwas gelichtet hatte.

Ohne den Kopf dabei bewegen zu müssen, konnte ich mit den Augen den Sportflugzeugen folgen, die in kurzen Abständen von dem alten Flugplatz Brommas aus in die Luft stiegen. Aus einem offenen Fenster kamen Klaviertöne: Jemand probierte die erste *Gymnopédie*, brach aber immer gleich wieder ab und begann von neuem.

Auf den Steinen vor mir rannten große Ameisen durcheinander, scheinbar sinnlos, wie in einer anhaltenden Panik. Im Südwesten zogen graublaue Wolken mit gleißenden Rändern auf. Das Laub in den Bäumen darunter glühte in der Sonne fast unwirklich. Es hatte schon die Farbe, die in manchen Romanen als golden bezeichnet wird.

Als Nächstes hüpfte eine Elster dicht vor meinen Füßen zwischen den Steinen herum. Die lange Schwanzfeder, staubig und zerzaust, wischte mit einem leisen Rascheln über die Grashalme. Die Augen waren glänzende schwarze Glaskugeln, zu drei Vierteln in den Kopf eingelassen. Mit ständig ruckendem

Kopf hatte mich die Elster fest in den Blick gefasst, misstrauisch oder vielleicht erwartungsvoll. Das Verstohlene, Zwielichtige und Falsche, das diese Vögel umgibt, hat mich immer fasziniert und angewidert zugleich. Kein anderer Vogel ist so menschlich. Vielleicht auch wegen seiner Schläue, die, wie beim Menschen, hauptsächlich im Dienst der Gemeinheit zu stehen scheint. Offenbar hemmt nur die Angst bei den Elstern die ansonsten übermächtige Gier. Der Flug der Elster ist auch nur ein unsauberes Flattern, dilettantisch und unbeholfen. Als sei sie über irgendwelche dunklen Kanäle an Flügel gekommen, ohne recht mit ihnen umgehen zu können.

*

Mit einem Mal wurde es dunkel vor meinen Augen: Jemand hielt mir die Augen zu. Malin. Zum hundertsten Mal glaubte sie, mich so erschrecken zu können. Aber wie immer hatte ich ihre drohende Nähe schon gespürt. Nicht bewusst, eher vegetativ, mit irgendeinem für Wahrnehmungen eigentlich gar nicht zuständigen Organ, statt mit dem Kopf. Ohne dass ich mich nach ihr hätte umdrehen müssen, sah und fühlte dieses Organ sie schon Sekunden zuvor auf mich zukommen, auf Zehenspitzen und mit ausgebreiteten Armen.

»Hatten wir ausgemacht, dass du heute kommst, Malin«, sagte ich und versuchte, ein wenig schuldbewusst zu klingen. »Entschuldige, ich hatte nicht mehr daran gedacht.«

»Es war nicht ausgemacht«, sagte sie. »Hör mir mal zu, du machst eine Reise bis nach Lappland hinauf, ohne einen Ton zu sagen. Dann bist du auf einmal wieder zurück von deiner geheimnisumwitterten Reise, aber du kommst nicht einmal auf die Idee, dich zu melden. Ist das vielleicht eine Art?«

Nicht dass ich nichts zu meiner Verteidigung vorzubringen gehabt hätte: Ich war ja erst am Vortag zurückgekommen, von einer Reise, die wenig länger als eine Woche gedauert hatte. Und schließlich hatte ich sie in dieser Zeit zweimal angerufen.

»Aber mehr darf man sich eben nicht erwarten von dir«, fuhr sie fort, ganz als ob ich auf ihren Vorwurf nur betreten geschwiegen hätte. »Aber heute kommst du mir nicht davon.«

Malin kam mir fast furchterregend groß vor, wie sie sich da vor mir aufgebaut hatte, die Fäuste in die Hüften gestemmt. Sie hatte eines von diesen altmodischen Sommerkleidern an, die ärmellos sind und bis über die Knie hinabreichen. Es hatte ein rotes Blumenmuster auf weißem Grund. Dazu passte der breitkrempige Strohhut und die weißlederne Damenhandtasche. Zwar bin ich selbst immer unmöglich angezogen, ich bin mir darüber vollkommen im Klaren, zu meiner Person und zu meiner Gestalt gibt es eben keine passenden Kleidungsstücke. Aber dennoch wäre es mir immer lieber gewesen, wenn Malin sich etwas geschmackvoller gekleidet hätte. Zeitgemäßer. Früher habe ich sie sogar manchmal darauf hingewiesen. Malin, habe ich zu ihr gesagt, so kannst du doch nicht auf die Straße gehen. Sie hat mich aber nur überrascht oder mit einem spöttischen Lächeln angesehen, wenn ich von solchen Dingen anfing. Ich hatte dann immer das Gefühl, als verfügte sie über ein unheimliches Wissen, dass ich sie überleben und in einer für sie unerreichbaren Zukunft einmal mit einem leichten Schwindelgefühl an solche Gespräche zurückdenken würde.

Doch gleichgültig, was wir nun anhatten, ein seltsames Paar haben wir sowieso abgegeben. Denn Malin ist groß und hager, ein langes Elend, wie man so sagt, fast einen Kopf größer als ich, der ich ein wenig übergewichtig bin, wenn auch keineswegs in dem monströsen Ausmaß, das Malin mir manchmal nachgesagt hat.

Als sie sich neben mich gesetzt hatte, nahm ich ihr den Strohhut ab und sah sie an. Ihr Gesicht ist blass. Es endet in einem schmalen, kantigen Kinn. In ihre Wangen tritt manchmal eine hektische Röte, die innerhalb einer Sekunde wieder verschwinden kann. Die Augen sind auffällig klein. Von einer graugrünen Farbe, die sich kein Mensch merken kann. An manchen Tagen habe ich etwas Fremdländisches in ihnen zu entdecken geglaubt. Etwas Samisches, möglicherweise. Obwohl sie sich immer sicher gewesen ist, keine Samen unter ihren Vorfahren zu haben. Mit

Entrüstung hat sie das zurückgewiesen, als ob das heute noch eine Schande wäre. Sie stehen auch sehr weit auseinander, diese vogelartigen Augen: Unwillkürlich stellt man sich vor, Malins Gesichtsfeld müsse größer sein als das anderer Leute.

»Was machst du hier überhaupt«, fragte sie. »Wieder am Grab des unbekannten Vorzeitmenschen wachen? Oh pardon, wie konnte ich das vergessen: Dir ist er ja nicht unbekannt.«

Sie nippte an dem Kaffee und verzog das Gesicht: Er musste längst kalt sein.

Es war zu erwarten gewesen, dass sie mich wieder mit dieser Geschichte aufziehen würde. Ich ärgerte mich ein wenig, aber mehr über mich selbst: Ich hätte dieses Erlebnis, wenn von einem Erlebnis überhaupt die Rede sein konnte, natürlich für mich behalten sollen. Schließlich kannte ich Malin lange genug, um voraussehen zu können, was sie dazu sagen würde.

Ein paar Tage vor meiner Abreise nach Abisko war ich auf derselben Bank gesessen. Es war am frühen Abend. Hohe Schleierwolken. Unten auf Drottningholmvägen, der parallel zum Bahngleis verläuft, brauste der Verkehr. Die ganze Zeit war irgendwo die Feuerwehr unterwegs. Plötzlich aber spüre ich, wie der Verkehrslärm zurückweicht, ausgeblendet wird bis auf ein ohnmächtiges Rumoren am Horizont. Gleichzeitig fällt mir auf dem Grashalm neben meinem Fuß ein Käfer auf, von der Größe einer Mandel vielleicht. Der Rückenpanzer ist aus gleißendem Kupfer. Langsam kriecht der Käfer auf die Spitze des Grashalms zu. Der Grashalm biegt sich unter dem Gewicht des Käfers. Er schwankt, als wolle er ihn abwerfen. Der Käfer fliegt davon. Ich schaue ihm nach und dabei fällt mein Blick auf einen Falken, der in der Ferne über den Fichtenwipfeln kreist: würdevoll, lautlos und in einer seltsam eindringlichen Unbeirrbarkeit, als solle damit etwas ausgedrückt werden.

Die Sache war die, dass ich das Gefühl hatte, als ob dieser Flug in einem träumerischen Zusammenhang mit dem Frühzeitmenschen unter dem Stein stünde. Als wollte er mir etwas mitteilen, mit der Natur als Sprache, den einzelnen Naturgegenständen als Buchstaben, vielleicht. Das Licht, von den violetten Abendwolken gedämpft und verfärbt, hatte auch etwas Urzeitliches. Wie der Abend über einer isländischen Küstenlandschaft. Ein paar Minuten nur hielt das alles an. Ich schloss dann die Augen, in der Gewissheit, dass ich mich lange an diesen Moment erinnern würde.

Kann sein, dass jeder im Leben Augenblicke hat, die außerhalb der alltäglichen Verläufe liegen. Die in einer Zeit stattfinden, die keine Uhr und kein Kalender misst. In denen plötzlich andere Zusammenhänge herrschen als die gewohnten. Aber es gibt wohl nur wenige, die die Dummheit begehen, solche Momente zur Sprache zu bringen, ja sie sogar jemandem mitteilen zu wollen. Immerhin: Ich konnte mich beherrschen, Malin von dem anregenden Austausch zu erzählen, den ich in Abisko mit meinem Frühzeitmenschen hatte.

»Jetzt sei nicht gleich wieder eingeschnappt, es war ja nicht so gemeint«, sagte sie. Sie zog mich am Ohr zu sich heran, wie sie es gern tat, und küsste mich auf die Wange.

Ich überlegte laut, warum mein Frühzeitmensch unwirklicher sein sollte als die anderen Leute hier in der Straße, die morgens unmerklich ins Büro fahren, abends unmerklich wieder nach Hause kommen, all die Wasserträger und Trittbrettfahrer der Menschheitsgeschichte. Warum sollte es soviel törichter sein, morgens zum Beispiel in den Wald zum Beerensammeln zu gehen, als in irgendein Büro zu fahren, um Zusammenhängen zu genügen, die es im Grunde gar nicht gibt?

Malin schlug die Beine übereinander und setzte den Strohhut wieder auf.

»Na gut. Wahrscheinlich gibt es mich auch nicht«, sagte sie in schmollendem Ton und verschränkte die Arme.

»Das wäre dir zu wünschen«, sagte ich, »dann müsstest du morgen früh nicht in die Klinik.«

»Ich liebe meinen Beruf.«

Wir sahen dann ein paar Minuten vor uns hin, ohne zu reden. Hoch über dem waldigen Mälartal, das sich vor uns ausdehnte, beschrieb ein Sportflugzeug einen weiten Bogen. Sein Surren legte sich eine kurze Weile über die Gegend. Ein leichter Wind rieselte in den Birken, die sich vor uns über den Abhang des Abrahamsberges verteilten. Die ersten Takte der *Gymnopédie* erklangen jetzt wieder, brachen ab, wurden geduldig wiederholt.

Dann war die hier draußen in Bromma bereits oberirdisch verkehrende Tunnelbahn nach Hässelby strand zu hören. Sie fährt unten am Fuß des Abrahamsbergs entlang; nicht sehr schnell, weil zwischen den Stationen Abrahamsberg und Brommaplan nur ein paar hundert Meter liegen.

»Ich wollte dich eigentlich dazu überreden, mit mir in die Stadt zu fahren. Deshalb bin ich herausgekommen«, sagte Malin schließlich und stand auf.

Ich folgte ihr, freilich ohne große Begeisterung: Ich hatte vorgehabt, den Nachmittag über an meiner Übersetzung zu arbeiten. Mein plötzlicher Entschluss, nach Abisko zu reisen, hatte mich in meinem Zeitplan ziemlich zurückgeworfen, obwohl ich ja gerade nach Abisko gefahren war, um in Ruhe arbeiten zu können. Und dann habe ich Sonntagnachmittage von jeher gehasst. Sie nach Möglichkeit immer vorbeiziehen lassen wie ein Unwetter, irgendwo reglos zusammengekauert. Sie erinnern mich, noch immer, an die trägen Familienspaziergänge in der Kindheit, das sinn- und ratlose Herumwandern in Vorstadtstraßen, deren staubige Leere von einer besonders fernen, besonders gleichgültigen Sonne ausgeleuchtet wurde.

Als wir in den Hausflur traten, fiel mir ein, dass ich den Kaffeebecher auf der Bank stehen gelassen hatte. Ich gab Malin den Schlüssel und ging noch einmal zurück.

Vor der Einzäunung des Sandkastens blieb ich stehen. Wie aus dem Nichts hatte sich die Elster von vorhin auf der Lehne der Bank niedergelassen. Neugierig streckte sie den Kopf nach dem Kaffeebecher. Der Becher kippte um. Er fiel auf den Asphalt und zerbrach. Der Kaffee spritzte in alle Richtungen. Die Elster flatterte auf, mit einem empörten Krächzen, und flog schwankend in das Dunkel des Gehölzes hinein.

*

Wenn Malin meine Wohnung oft eine scheußliche Junggesellenhöhle genannt hat, so war das leider nur leicht übertrieben. Die Unordnung wird mir freilich nur bewusst, wenn jemand kritisch den Blick darüber schweifen lässt. Und wer hätte das je tun sollen außer Malin?

In Frau Holmquists Hotel in Abisko bin ich fast ohne Bücher gewesen, und es gab dort in meinem Zimmer auch keine Haufen von Zetteln. Malin hätte Augen gemacht, wenn sie das gesehen hätte. Wie draußen in der lappländischen Landschaft mit ihren grauen, schütteren Herbstwäldern herrschte auch in meinem Hotelzimmer eine protestantische Begrenzung auf das Notwendige: zwei Stühle, ein kleiner wackliger Tisch, alles roh und ohne Aufhebens aus dem gleichen Holz zusammengezimmert, wie auch das Bett, das ein Stockbett war: In Abisko gibt es nur Doppelzimmer, als werde die Möglichkeit des Alleinseins gar nicht in Betracht gezogen. Tatsächlich ist man in Abisko in gewisser Weise auch niemals allein. Wenn sich auch in dem winzigen Spiegel über dem Waschbecken nie mehr als ein Gesicht auf einmal zeigen könnte.

Die schwarzweiß gewürfelte Überdecke war aus demselben Stoff wie die Vorhänge: Überhaupt ist Abisko voller kleiner Übereinstimmungen und Entsprechungen, die mich besänftigten, in die ich mich eingelassen fühlte, wenn ich mir auch manchmal die Frage stellte, womit ich selbst wohl übereinstimmen könnte.

Mein Zimmer auf dem Abrahamsberg hingegen schien mir mit jedem Tag, den ich in Abisko war, tausendfünfhundert Kilometer entfernt, weniger bewohnbar. Der große alte Behördenschreibtisch ist mit Büchern und Papierstapeln bedeckt, so als würde berserkerhaft an ihm gearbeitet. Jede unachtsame Bewegung kann einen dieser Bücher- und Zetteltürme zum Einstürzen bringen. Das hat mich oft nervös gemacht. Sicherlich wäre ich schon öfter einfach durchgedreht, wenn ich nicht Frau Armgart in der Wohnung neben mir wüsste, deren bloße Anwesenheit auf mich eine begütigende und, wenn man so sagen kann, geradezu philosophische Wirkung hat.

Auf dem Fensterbrett reiht sich eine ganze Batterie leerer Weinflaschen. Nicht dass ich besonders viel trinken würde; die ältesten Flaschen stammen noch von den Weihnachtsfeiertagen, als Malin mit Xenia in Ägypten war.

Der alte, verstaubte Fernseher steht mitten im Zimmer auf einem winzigen Schemel. Wenn man ihn anschaltet, sind die Köpfe auf dem Bildschirm zuerst glutrot, als wollten sie gleich zerplatzen. Doch schon im nächsten Moment weicht alle Farbe aus ihnen, und das Bild bleibt dann auch schwarzweiß, und manchmal ist es so verschwommen wie die Bilder von Überfällen, die die Überwachungskameras in den Banken machen.

Das Foto von Pia, das ich an der Wand über dem Schreibtisch aufgehängt habe, geriet nie in Malins Blick. Sie hat es immer vorgezogen, es nicht zur Kenntnis zu nehmen. Das Bild zeigt Pia zu der Zeit, als sie ihr Haar halblang trug. Ihre Augen waren auffällig hell, dem Anschein nach heller als ihre Haut. Ihr Lächeln auf dem Bild scheint eine ruhige, vielleicht etwas schwermütige Überlegenheit auszudrücken. Als könnte man ihr, der Neunzehnjährigen, nichts mehr erzählen. Als lächelte sie einer Welt zu, die ihr nichts mehr anhaben konnte. Aber dieser Eindruck rührt wohl nur daher, dass auf dem Bild nichts von der Welt zu sehen ist, aus der sie herauslächelt. Für Malin stellte dieses Bild ein Ärgernis dar – umso mehr, als sie das schwerlich zugeben konnte. Natürlich hätte ich ihr sagen können, dass Pia meine Schwester ist, die ich durch einen Unfall verloren habe. Aber schließlich hat sie mich ja nie danach gefragt.

Mein Bett war zerwühlt, und die Matratze lag zur Hälfte bloß. Wie hätte ich auch ruhig schlafen sollen, eben erst aus Abisko zurückgekehrt? Malin stellte sich vor mein Bett und stemmte die Fäuste in die Hüften. Ich müsse ja wild geträumt haben, sagte sie spitz. Malin ist immer eifersüchtig auf meine Träume gewesen, denn sie kam nie darin vor. Gleichzeitig erschien ihr das Träumen als eine schlechte Angewohnheit. Schließlich herrscht in Träumen eine nicht selten anstößige Regellosigkeit. Malin, wie ich sie kannte, schlief ruhig und traumlos. Sie bewegte sich kaum je in der Nacht. Ihr Tagesleben (sie hatte gar kein anderes) schien keine Wünsche oder Fragen offen zu lassen. Die Vorstellung, ein Mängelwesen zu sein oder gar in einer zutiefst mangelhaften Wirklichkeit zu leben, ist ihr völlig fremd. Trotzdem haben wir es immerhin einige Jahre miteinander ausgehalten.

»Und wie es in der Küche wieder aussieht! – Gestern hat mir ein Patient erzählt, dass jeden Tag auf der Welt neue Arten von Kleinlebewesen entstehen. Das erstaunt mich gar nicht, habe ich zu ihm gesagt, allein in der Spüle meines Verlobten entsteht bestimmt jeden Tag eine neue Art von Kleinlebewesen.«

»Hör jetzt bitte auf damit«, sagte ich so sanftmütig, wie ich konnte. Zu Malins am schwersten zu ertragenden Unarten gehörten diese schlecht erfundenen Patientengespräche.

Während ich das Hemd wechselte, stand sie rauchend am Fenster und schaute auf das Gehölz hinaus.

»Du, da war ein Reh«, sagte sie und blies den Rauch gegen die Scheibe, so dass er zurückquoll und sie die Augen schließen musste. Ich hatte es auch gesehen. Unbeirrt vom Rattern der gerade unten vorbeifahrenden Tunnelbahn bewegte es sich weich durch das Unterholz: ein hellbrauner, von der Sonne beschienener Fleck, der dann auf einmal im Halbdunkel zwischen den Blättern erlosch.

Es war vielleicht gedankenlos von mir zu sagen, dass die Rehe im Winter in hellen Scharen den Hang heraufpilgern, bis dicht unter das Fenster. Malin sah mich an, die Augen zusammengekniffen, als ob sie einen fernen Gegenstand betrachtete. Natürlich ist mir Malins Repertoire an Gesichtsausdrücken nur zu geläufig gewesen: Dieser bedeutete nichts Gutes.

»Und wem, bitte schön, erzählst du das? Als ob wir die Rehe nicht schon oft genug gemeinsam beobachtet hätten. Erst vor ein paar Monaten. Hier vom Frühstückstisch aus. Es war dieser kalte Winter, weißt du das nicht mehr?«

Ich gab ihr Recht, wenn auch nur um des Hausfriedens willen, denn dieser kalte Winter war ja im Jahr zuvor gewesen. Aber was spielte das schon für eine Rolle?

»Ja, so war es, mein Bester«, fuhr sie fort. »Oder erinnerst du dich etwa auch nicht mehr daran, wie du dich einmal so ereifert hast, über die Anmut und die Grazie?«

»Um Himmels willen, worüber soll ich mich ereifert haben?«

Daran erinnerte ich mich in der Tat nicht. Aber natürlich konnte ich es nicht ausschließen, mich irgendwann einmal über Anmut und Grazie geäußert zu haben. Selbst ein eher wortkarger Mensch wie ich wird bis zum Ende seines Lebens eine Unzahl von Äußerungen getätigt haben, an die er sich glücklicherweise nicht mehr wird erinnern können.

»Ich rede von deinem Gequatsche über die Grazie, mit der sich die Rehe aus dem Schnee erheben. Du hast zu mir gesagt: Vielleicht wird dir diese besondere Anmut begreiflich, wenn du dir vorstellst, wie du morgens auf die Beine kommst. Wie du dich schwerfällig aus dem Bett wälzt und vom Bettrand aus nach deinen Schlappen fischst. Nein, das war nicht gerade schmeichelhaft.«

Ich konnte mich nicht erinnern, das gesagt zu haben, doch zugegeben, es hörte sich durchaus so an. Malin hatte den Schuh, den ich gerade gesucht hatte, unter dem Fernsehschemel gefunden und drückte mir dessen Spitze wie eine Waffe gegen die Brust.

»Jedenfalls wirst du mir Abbitte leisten, indem du mich zum Kaffee einlädst.«

*

Bestimmt schon tausendmal habe ich die Tunnelbahn benutzt, die Bromma und die westlichen Vorstädte mit dem Zentrum von Stockholm verbindet. Aber noch immer halte ich kurz den Atem an, wenn der Zug nach der Station Alvik den Viadukt über den Tranebergssund überquert. Linkerhand sieht man in der Tiefe die dicht an dicht liegenden Boote, das felsige Ufer, die symmetrisch verlaufenden Wege eines kleinen Parks.

In der Mittagshitze bewegten sich vereinzelt Paare und Kleinfamilien durch die Anlage. Vom fahrenden Zug aus betrachtet, schienen sie allesamt auf der Stelle zu treten. Einen Moment lang meinte ich in eine Szene meiner Kindheit hinunterzuschauen, in die lähmende Langsamkeit der Sonntagnachmittagsspaziergänge. Manchmal stellte ich mir damals vor, ein Astronaut zu sein, der einen Planeten mit ungeheurer Schwerkraft erkundet. Oder einen Himmelskörper, auf dem undurchdringliche Gesetzmäßigkeiten walteten: Verhängnisvoll war es, auf dem Bürgersteig seine Schritte so zu setzen, dass der Fuß über die Ränder der Pflastersteine trat. Wenn man auch nicht wusste, worin dieses Verhängnis bestehen würde, denn man ließ es ja nie darauf ankommen.

Der Ulvsundasee, der sich auf dieser Seite der Brücke ausdehnt, bis zum Ufer von Huvudsta, ist sonntags im Sommer mit den weißen Dreiecken von Segelbooten übersät. Wo das Wasser das Sonnenlicht reflektiert, sieht es so aus, als seien diese Dreiecke aus einer gleißenden Metallfläche herausgestanzt. Am Horizont, hinter dem bewaldeten Ufer, ragen hohe graue Wohnblöcke in den Himmel.

»Jedesmal, wenn ich hier vorbeifahre, versuche ich mir die Aussicht vorzustellen, die die Leute ganz oben in diesen Wohnblocks haben müssen«, sagte Malin. »Die müssen bis zur Globe Arena schauen können, und wenn sie den Kopf nach rechts drehen, sehen sie Schloss Drottningholm und den Park dahinter. Das muss phantastisch sein!«

»Ich glaube nicht, dass die Leute, die dort drüben wohnen, beneidenswerte Aussichten haben«, erlaubte ich mir festzustellen.

Ich wischte mir mit einem meiner großen weißen Taschentücher, die oft die Zielscheibe von Malins Spott gewesen sind, den Schweiß von der Stirn. Durch die schmutzigen Scheiben fiel das Sonnenlicht doch blendend in den Wagen. Es war noch einer von den älteren Zügen. Die Polster auf den orangefarbenen Sitzen waren fleckig und abgeschabt. Eine leere Bierdose rollte auf dem Boden auf und ab. Auf der Sitzreihe schräg gegenüber lag ausgestreckt ein

Betrunkener, der abwechselnd schnarchte und vor sich hin seufzte.

Der Zug erreichte das Ufer von Kristineberg und fuhr an dem menschenleeren Minigolfplatz vorüber, dessen Bahnen mit roten Blättern übersät waren. Ich setzte Malin auseinander, dass ich mir das genaue Gegenteil von dem vorstellte, was sie sich vorstellte. Ich dachte mir lieber das Ufer ohne die Blocks. Und ich dachte es mir nicht nur so: Nachdem ich in Abisko gewesen war, hatte ich auch die Fähigkeit, es so zu sehen. Überhaupt die ganze Gegend zu sehen, wie sie im Grunde war, ohne den ganzen fragwürdigen Zierat, den die neuzeitliche Menschheit an ihr angebracht hat: ohne diesen lächerlichen Minigolfplatz (Leute, die Minigolf spielen!), ohne die Salkhalle, die Stadtautobahn und das vollkommen überflüssige Hotel Kristineberg, ein rosa gestrichener barackenartiger Flachbau, der, wegen des Stacheldrahtzauns zum Bahndamm hin, mehr an ein Straflager erinnert als an ein Hotel.

»So wird es hier wohl zu Zeiten deines frühgeschichtlichen Freundes ausgesehen haben«, sagte Malin. »Alles ein einziger Urwald. Ideal zum Beerensammeln und Menschen opfern. Wirklich reizvoll, der Gedanke.«

Mein Freund, der das Stadium des Sammelns natürlich im Grunde längst hinter sich gebracht hatte, würde sich hier freilich gar nicht zurechtfinden, denn zu seinen Lebzeiten wird sich hier noch eine weite Wasserfläche ausgedehnt haben. Die höchsten Punkte der Gegend heute ragten damals wohl als kleine Inseln aus dem Wasser. Der Abrahamsberg zum Beispiel. Vor tausend oder zweitausend Jahren hätte ich von meinem Fenster aus angeln oder Enten füttern können.

»Ja, wenn es denn irgendetwas gäbe, das dir ferner liegt als Entenfüttern«, sagte Malin und lachte übertrieben laut auf, so dass der Betrunkene gequält den Kopf hin- und herdrehte, ohne die Augen zu öffnen.

Nach der Station Fridhemsplan tauchte der Zug in den Tunnel ein. Vielleicht war es nichts anderes als das Fahrgeräusch, das mich jetzt wieder an die Reise nach Abisko denken ließ. Nachts im Zug hatte ich fast kein Auge zugemacht. Das Schlafwagenabteil war voll besetzt. Der Mann in der Koje über mir sprach fast die ganze Nacht hindurch im Schlaf, irgendwie apathisch und gleichzeitig mit einem Flehen in der Stimme. Von Zeit zu Zeit redete es auch aus dem Mann gegenüber, und es entspann sich dann ein beklemmend geistesabwesendes und sinnloses Zwiegespräch.

Als der Morgen dämmerte, setzte ich mich in den leeren Restaurantwagen. Draußen hob sich unermüdlich ein weißer Birkenstamm nach dem anderen vom Dunkel des Waldinneren ab, bis ich glaubte, mir gar nichts anderes mehr vorstellen zu können. Nur manchmal trat der Wald hinter eine gelbe Moorwiese zurück, über der steingrau und undurchsichtig der Regendunst hing.

Nach einiger Zeit kam eine Frau in den Wagen. Sie bemerkte mich zuerst nicht. Das halblange blonde Haar war zerzaust. Die Müdigkeit – schwer zu sagen, ob meine oder ihre – verlieh ihrem Gesicht etwas Verschwommenes. Ihr Rock war verschoben, als habe sie darin geschlafen, und an ihren Schuhen waren die Bänder nicht zugemacht. Sie legte sich sofort quer über einen der Doppelsitze, mit angewinkelten Knien, und schien gleich eingeschlafen zu sein. Die eine Hand hing leblos herab und berührte mit den Fingerspitzen fast den Boden. Sie war klein, weich und kurzfingrig wie die Hand eines kleinen Kindes.

Die Frau schlief etwa eine halbe Stunde. Dann setzte sie sich auf und tastete mit den Füßen nach ihren Schuhen. Als sie mich bemerkte, sagte sie:

»Guten Morgen. Sind Sie etwa auch vor schnarchenden Reisegenossen geflohen?«

Ich erzählte ihr von all den redenden Männern. Sie lachte.

Sie hatte sich mir gegenüber gesetzt. Sie gähnte und versuchte dann, mit den Händen ihr Haar in Ordnung zu bringen, mit dem Fenster als Spiegel. Dann lachte sie auf einmal wieder, aus einem unerfindlichen Grund, doch gefiel mir dieses Lachen.

»Wohin fahren Sie denn?«, wollte sie wissen. »Es ist doch gar nicht mehr die Jahreszeit, um hier oben herumzureisen?«

Ich erklärte ihr, dass ich nicht herumreiste. Unbeabsichtigt klang es wohl fast würdevoll, als ich sagte: Ich bin unterwegs nach Abisko.

»Ja, nach Abisko«, sagte die Frau, ohne Überraschung, aber mit einem, wie mir schien, Unterton der Resignation, als sei Abisko etwas kaum Erreichbares, um das sich schon viele vergeblich bemüht hatten. Dann warf sie einen langen Blick aus dem Fenster, und mein Blick fiel auf ihre Ohren. Vorher waren mir in meinem Leben nur zwei Kategorien von Ohren bekannt gewesen: lächerlich große oder abstehende oder fleischige Ohren, die ihren Träger entschieden verunzieren, oder Ohren, die sich unauffällig zu beiden Seiten des Kopfes aufhalten und die man gewöhnlich gar nicht wahrnimmt. Die Ohren dieser Frau aber waren auffällig schön, die Muscheln mit bemerkenswerter Sorgfalt modelliert.

Der Regen prasselte in gleichmäßigen Schwällen gegen die Scheibe. Hinter dem Regenschleier bewegten sich die Baumwipfel im Wind. So kurzzeitig, dass es kaum meine Netzhäute streifte, tauchte das Bild eines großen rotbraunen Pferdes auf, das allein auf einer weiten, von einem weißen Gatter umgebenen Koppel stand.

Ich unterhielt mich noch eine Zeit lang mit der Frau. Es zeigte sich, was im übrigen auch kaum zu überhören war, dass sie aus Malmö kam. Zum Abschied gab sie mir ihre Karte, die ich aber, ich kann mir gar nicht vorstellen wie, gleich verloren haben musste. Jedenfalls konnte ich sie, als ich auf meinen Platz zurückgekehrt war, nicht mehr finden.

Als ich später am Morgen noch einmal in einen Halbschlaf fiel, tauchten Bilder in mir auf, in denen, wie immer in solchen Momenten, Traum und Erinnerung eine nicht mehr zu trennende Legierung bildeten. Mit dem Luftkissenboot aus Kopenhagen kommend, sah ich jenseits des Öresunds die Kräne und Speichergebäude des Hafens von Malmö. Der Dunst verwob das alles zusammen zu einer monströsen Apparatur, die den für sie verantwortlichen Menschen himmelhoch über den Kopf gewachsen war. Von Kastrup her sah ich ein Flugzeug aufsteigen, langsam in den weißen Sonnendunst eintauchen, plötzlich als scherenschnittartige Kontur wieder zum Vorschein kommen und mit einem Mal ganz verschwinden. Dann fuhr das Boot eine lange Mole entlang, im Hintergrund sah ich ein von einem Brand schwarzes Bürogebäude, auf dem der Namenszug SIEMENS unversehrt geblieben war. Als Nächstes erschien ein Parkplatz, so deutlich, dass ich wahrscheinlich immer noch die Kennzeichen der Autos angeben könnte, wenn nicht wegen des Sonntags alle Stellplätze leer gewesen wären.

Im Hafen dann die hellgrünen Speicher, groß wie Hochhäuser und ganz ohne Fenster. Oben an den Speichern sind Türen eingelassen, die auf Plattformen und schmale eiserne Freitreppen hinausführen. Der Wind trägt den Verkehrslärm von Norra Vallgatan herauf. Die Sonne hat das eiserne Geländer leicht erwärmt. Möwen gleiten dicht an mir vorbei, ich sehe, wie der Wind ihr Gefieder bläht. Von hier oben sieht man über das Becken des inneren Hafens und die Fähranlegestellen hinweg auf das Ziegelgebäude des Bahnhofs, von dem ein dichtes Bündel Gleise wegführt, am Kanal entlang, dann sich immer mehr zerfasernd und in der gelbgrünen planen Landschaft verlierend, die in ihrer waldlosen Ausgebreitetheit so leer wirkt, als habe man vor langer Zeit einmal alles dort weggeschafft, in der freudigen Erwartung von etwas Neuem, das sich dann freilich nie gezeigt hat.

»Was ist los? Schläfst du schon wieder? Wir müssen aussteigen.«

Ich blickte erschrocken auf die Frau in dem geblümten Sommerkleid neben mir, die soeben mit der flachen Hand auf meinen Schenkel geschlagen hatte und mich jetzt mit zusammengekniffenem Mund musterte. Uns gegenüber saß jetzt ein alter Mann mit einem Strohhut und einer großgepunkteten Fliege. Er nickte mir zu, als ich seinem Blick begegnete, mit einem mitleidigen und verständnisvollen Gesichtsausdruck.

*

Es war die Haltestelle Slussen, an der wir ausstiegen. Die ganze Station hallte wider von den Schlachtgesängen einer Horde AIK-Fans. Wir traten auf den sonnenüberfluteten Södermalmstorg hinaus und gingen dann den Skeppsbrokai entlang. Ein kühler Geruch von Tang und Maschinenöl wehte vom Wasser her. Am Anlegeplatz der Djurgårdsfähre drängten sich Touristen und Ausflügler vor dem Absperrgitter. Ein paar Möwen ließen sich träge von den Wellen des Strömmen tragen.

Aus einer der dunklen Altstadtgassen auf der linken Seite, die in die Richtung von Stortorget führen, trat eine japanische Reisegruppe. Der Prospekt, der sich plötzlich vor ihnen auftat, das Wasser, die Schiffe, die in ihren Herbstfarben leuchtenden Ufer im Hintergrund, all das ließ sie mechanisch ihre Kameras in Position bringen. Unwillkürlich begann ich schneller zu gehen. Ich nahm Malin bei der Hand und versuchte sie fortzuziehen. Sie machte sich steif, wie ein eigensinniges Kind.

»Komm, es wird dir doch nichts ausmachen, im Fotoalbum einer Familie in Yokohama vorzukommen«, sagte sie lachend.

Es mag sich seltsam und vielleicht auch etwas überspannt anhören, doch mich beunruhigte genau diese Vorstellung tatsächlich. Als Kind träumte mir oft, ich erwache im völlig Unbekannten. Inmitten von kalten Wäldern, die von einem ganzen System reißender, milchkaffeebrauner Ströme durchzogen waren, und darüber wölbte sich ein undurchdringlich feuchtweißer Himmel. Ich traute als Kind dem

Schlaf nicht, nicht seiner Sicherheit, nicht seinem ruhigen Dunkel. Ich traute auch der Wirklichkeit nicht; zu meinen größten Ängsten damals gehörte die, endgültig in eine der anderen Wirklichkeiten einzugehen, die es offenbar auch gab und die sich um einen legten, wenn man nicht aufpasste, wenn man schlief. Dasselbe Gefühl von Bodenlosigkeit stieg mir in den Kopf, wenn ich mir vorzustellen versuchte, in einem fremden Bewusstsein aufzuscheinen. Von Menschen in Yokohama betrachtet, begutachtet und natürlich auch ausgelacht zu werden. Fühlt man sich doch schon dort, wo man ständig unterwegs ist, fremd genug.

Malins Fröhlichkeit stieß mich ab, das muss ich zugeben. Und ich spürte: Nichts daran war echt. Es war Sonntag. Die ganze Stadt ein einziges Spazierengehen. Wie all die Kirchtürme von Söder und der Altstadt aus diesem Anlass feierlich Stellung bezogen hatten, in ihrem schönsten Postkartenlicht! Und die Leute, sie gaben vor, den schönen Tag zu genießen. Mich konnten sie freilich nicht täuschen: Ich sah es jedem Einzelnen von ihnen an, dass er sich längst zurücksehnte zu seinen Geschäften, an seinen Schreibtisch, in seine Zusammenhänge, oder was er dafür hielt. Und ich hatte zwischen all diesen Sonntagsschauspielern herumzugehen, dank Malin mit ihrem entsetzlichen und im Grunde unverzeihlichen Herdentrieb.

Ein leichter Dunst lag jetzt in der Luft. Der Himmel war fahlblau, wie in alten kolorierten Filmen. Über Södermalm zogen gelblichgraue Wolken auf, übertrieben körperhaft kamen sie mir vor. Überhaupt hätte sich alles etwas dezenter, etwas weniger aufdringlich darstellen können, in diesem Sonntagnachmittagsaugenblick. Das Leuchten der neuen Kupferkuppel der Katharinenkirche erlosch immerhin von einem Augenblick zum anderen, als die Sonne hinter einer Wolke verschwand. Der Umriss der Kuppel hob sich für mich umso schärfer ab, als nach dem verheerenden Brand der Kirche im Jahr 1987 – schon dem zweiten nach 1723 – an dieser Stelle jahrelang ein irritierend leeres Stück Himmel eingelassen war.

Anders als an den Werktagen lag heute kein Verkehrsrauschen in der Luft: Jedes Auto, das über die Strömbrücke fuhr, war einzeln für sich zu hören. Vor dem Nationalmuseum hatten wir eine freie Bank entdeckt. Ich weiß nicht, warum Malin plötzlich sagte:

»Was ist denn los mit dir? Hast du deine Kopfschmerzen?«

»Wessen Kopfschmerzen sollte ich sonst haben?«

Ich war nahe dran, die Fassung zu verlieren. Mit dem Zeigefinger strich Malin mir über die Wangen, was ich nun überhaupt nicht leiden kann. Schließlich setzte sie mir sogar ihren Hut auf. Als ob es die Sonne gewesen wäre, die mir zuviel war. Nein, Malin. Nicht diesen Hut. Nicht auf meinen Kopf. Sie seufzte, schüttelte den Kopf und zündete sich eine Zigarette an.

Gerade hatte ein Ausflugsdampfer mit einem dreifachen Tuten abgelegt und glitt jetzt dicht an uns vorüber, in die Richtung des Schärengartens. Auf den drei Decks drängten sich die Menschen. Einige wiegten den Oberkörper zu den Takten eines dieser wohl nie mehr endgültig verklingenden ABBA-Songs. *Thank you for the music …* Ein paar Leute winkten ausgelassen zum Ufer herüber. Man hatte sich auch schon vor Abfahrt das eine oder andere Glas genehmigt, dort drüben. Ein fetter Mann in einem Bermudahemd hielt ein Kleinkind über die Reling. Das Kind schrie, wie man sich denken kann, nach Leibeskräften.

»Siehst du diesen Kerl da, der das Kind über die Reling hält … So etwas sollte man einsperren … der arme Kleine!«

Malin war aufgesprungen und schwenkte sinnlos ihren Hut. Ich sah sie an. Jetzt war es an mir, den Kopf zu schütteln.

»Man hätte ihn am besten schon einsperren sollen, bevor er überhaupt zur Zeugung schreiten konnte«, gab ich zu bedenken.

»Natürlich. Sonst fällt dir dazu nichts ein. Das hätte ich mir gleich denken können. Stell dir vor, deine Eltern hätten auch so gedacht!«

Hätten sie nur, lag mir auf der Zunge. Aber ich zog es vor, mir diese Replik zu verkneifen. Malin war schon wütend genug. Sie betrachtete sich selbst als Menschenfreundin – deshalb verdingte sie sich auch als Krankenschwester – und glaubte daher ständig, diese missratene Gattung vor mir in Schutz nehmen zu müssen. Vor allem wenn es um den Nachwuchs ging. Denn Malin hätte immer gern ein Kind gehabt. Davon bin ich überzeugt, auch wenn sie niemals davon sprach, weil sie wusste, dass da mit mir nichts zu machen ist. Kaum etwas jagt mir solche Schauer über den Rücken wie der Anblick einer Kleinfamilie mit dem stumpfsinnig selbstzufrieden den Kinderwagen vor sich herschiebenden Kleinfamilienvater.

Inzwischen war das Schiff schon fast vorüber. Am hinteren Teil der Bordwand breiteten sich große Rostflecken aus. Im Heck hatte es eine orangefarbene Baumaschine geladen, auf der reglos zwei Möwen saßen und sich verwundert anblickten.

*

Auf den Parkwegen der Insel Kastellholmen waren nur wenige Spaziergänger unterwegs. Wir gingen, wie ich das sonst oft allein tue, bis zur Nordspitze der Insel, wo das sogenannte Kastell steht, ein Ziegelgebäude mit einem runden Turm, das freilich kaum hundert Jahre alt ist. Dort kann man von einer Art steinernen Terrasse aus über das Wasser zu dem Vergnügungspark Gröna Lunds Tivoli auf der Parkinsel Djurgården hinübersehen.

Von der blau gestrichenen Achterbahn am gegenüberliegenden Ufer drang das Rattern der Wagen herüber. In kurzen Abständen hörte man das Kreischen der jungen Frauen, wenn die Wagen in die Kurve rasten. Auf dem Weg über das Wasser, halb übertönt vom Rieseln der gelben Blätter in den Bäumen links und rechts, bekam das Rufen und Kreischen etwas Wesenloses. Als handelte es sich um ungeklärte Geräuschphänomene in der Atmosphäre eines leblosen Himmelskörpers. Oder als lausche man auf eine uralte Tonaufnahme, die, brüchig und in ein unaufhörliches Rauschen gebettet, die Stimmen längst zu Staub zerfallener Menschen bewahrt.

Malin ging, den Strohhut in der Hand, die Wiese hinunter bis zu der Stelle, wo ein Maschendrahtzaun den Zugang zum Wasser versperrt. Dort blieb sie stehen und zündete sich eine Zigarette an. Rechterhand am Ufer von Södermalm wartete am Vikingterminal das rotweiße Fährschiff nach Helsinki auf seine Abfahrt am Abend. Für ein paar Augenblicke war jetzt aus dieser Richtung das Heulen einer Polizeisirene zu hören.

Plötzlich, ohne dass vorher einzelne Tropfen gefallen wären, begann es dann zu regnen. Ich erinnere mich, dass die Menschen drüben im Tivoli im ersten Moment ausgelassen kreischten, als sei der Regen Teil des Vergnügungsprogramms. Dann war nur noch das Fallen der Wassermassen zu hören, und darin eingeschlossen das Pfeifen einer Amsel.

Malin drehte sich um und ging langsam auf mich zu. Ihre Brüste drückten sich durch das nasse Kleid, das an ihrem Körper klebte. Erstaunt, beinahe fassungslos sah sie mich im Näherkommen an. Als sei dieser Regen mein Werk, so sah sie mich an.

»Gib es zu, du hast dir diesen Regen herbeigewünscht«, fuhr sie mich allen Ernstes an. »Du willst an deinem Schreibtisch sitzen und deine Ruhe haben. Du willst keine Menschen sehen, keine Vögel singen hören, keine Sonnenstrahlen spüren. Am allerliebsten wärst du vollkommen eingemauert. Warum musste ausgerechnet ich an dich geraten?«

2

Es mag sein, dass sich bei mir im Laufe der Jahre recht eigentümliche Vorstellungen herausgebildet haben von den Leuten, die mir tagtäglich begegnen, in der Tunnelbahn, im Supermarkt, in der Bibliothek. Seit Abisko fühle ich mich ihnen weniger zugehörig denn je. Was es mit all diesen Menschen eigentlich auf sich hat, ist mir verborgen geblieben. Doch kann es zum Beispiel nicht völlig belanglos sein, meiner Meinung nach, dass es bei den meisten Menschen der Signalton einer elektronischen Weckuhr ist, der ihren Schlaf beendet, Morgen für Morgen, immer zur gleichen Zeit, um Raum zu schaffen für einen Tag ohne Unwägbarkeiten. Jeden Tag zur gleichen Zeit vom dafür vorgesehenen Ton aufzuwachen, das heißt, im Leben vom Nächtlichen und Träumerischen losgekommen zu sein. Man ist ganz und gar Teil jener monströsen Maschinerie geworden, die den Alltag in Gang hält. Oder die überhaupt schon der Alltag ist. Man erwacht in eine Ordnung hinein, die dann nur mehr erfüllt und vollstreckt werden muss, mit den geeigneten Worten, Gebärden und Handgriffen, die für die Leute immer schon bereitliegen, wie die Waren im Supermarkt.

Warum mein Leben anders vor sich geht und auch schon vor Abisko anders vor sich ging, kann ich nicht erklären. In Abisko sah ich von meinem Hotelzimmer auf den Platz hinaus und auf die schon ganz kahlen Birken, deren weiße Rinden in der hochgebirgshellen Sonne schimmerten, und verlangte weiter keine Antwort. Hier aber denke ich oft darüber nach, wenn auch nie sehr lange, denn es hat mich immer missmutig gestimmt, mir mein Leben allzu deutlich vor Augen zu führen. Oder ich habe mich mit Gudmundson darüber unterhalten. Nein, unterhalten ist das falsche Wort. Eher habe ich ihm irgendetwas abzulauschen versucht. Ich habe Gudmundson vor zwei Jahren vor der Stadtbibliothek kennen gelernt. Wir sind rasch ins Gespräch gekommen. Gudmundson hat sich schon lange aufgegeben, für ihn gibt es keine Verwendung mehr. Das machte ihn sympathisch, dachte ich. Aber ich habe mich geirrt, wie ich vor kurzem einsehen musste. Gudmundson ist nicht sympathisch. Ab und zu tranken wir ein Bier miteinander. Wenn ich ihm zuhörte, was er dabei seufzend und kopfschüttelnd, manchmal aber auch begeistert zum Besten gab, fühlte ich so deutlich wie niemals sonst die Zufälligkeit allen Denkens. Aber ich habe ihn nie etwas gefragt. Ich habe ihm immer nur zugehört, wie einer Sprechschallplatte, die sich ebenfalls immer um sich selber dreht und dabei Sätze hörbar macht.

Was die Andersförmigkeit meines Daseins angeht, so beginnt sie schon damit, dass ich mir in vielen Jahren niemals einen Wecker gestellt habe. Immer ist es *irgendein* Geräusch gewesen, das mich geweckt hat, ohne eigentlich in mein Bewusstsein zu dringen. Gäbe es keine Geräusche, ich schliefe sicherlich für immer, so wie ein Gegenstand im Weltall für alle Zeit die Bahn verfolgt, auf die er einmal gebracht worden ist.

Zu Hause in Bromma können solche Geräusche von den hochhackigen Schuhen von Frau Armgart, meiner Nachbarin, kommen, die durchs Treppenhaus stöckelt, auf dem Weg zu dem Bestattungsinstitut, wo sie arbeitet, oder von der Klappe des Briefkastenschlitzes, wenn Werbung eingeworfen wird oder das Stadtteilblatt. Wenn ich, was ein-, zweimal in der Woche der Fall war, bei Malin schlief und sie schon frühmorgens ins Krankenhaus zur Arbeit gefahren war, konnte es ein durch die Straßen polternder Lastwagen sein, lärmende Schulkinder vielleicht oder auch die wie in den amerikanischen Krimis aufheulende Sirene eines Krankenwagens, der zur nahen Klinik Sabbatsberg unterwegs war: Kein einziges Mal habe ich mich daran erinnern können.

So beginnen meine Tage schon im Ungewissen, an einem unbestimmten Punkt in der Zeit. Es kommt vor, dass mein Tag noch halb im Schlaf einsetzt und dann bis in den Abend hinein etwas Abwesendes und Schlafwandlerisches behält. Man achtet darauf, beim Spazierengehen die gleiche Richtung zu verfolgen wie die Wolken. Man hat es an solchen Tagen fast so gut wie eine Nebenfigur in einem Roman, die über Hunderte von Seiten frei hat. Man steht nur noch in einem vagen Zusammenhang mit sich selbst, seinen Erinnerungen. Existierte man nicht, es machte keinen so großen Unterschied. Die Wahrnehmungen, die man macht, um sie gleich wieder zu vergessen, könnten schließlich auch auf anderen Netzhäuten und in anderen Gehirnen stattfinden. Solche Tage sind nicht die schlechtesten. Und doch sind auch sie aus unzähligen winzigen Gewohnheiten zusammengesetzt. Die Gewohnheit hat einen Großteil meines Lebens übernommen. Sie arbeitet so gut, dass ich ihr nur hin und wieder einmal auf die Finger schauen muss.

Wenn Malin schon in die Frühschicht verschwunden war, genoss ich es, noch lange im Bett zu liegen und auf all die fernen und nahen, aber nie zu nahen Großstadtgeräusche zu lauschen. Die Müllabfuhr. Das Kindergeschrei. Manchmal ein Flugzeug, ein Hundegebell. Das Quietschen des Busses, der an der Haltestelle abbremst. Dazwischen immer wieder einmal Möwenkreischen, als befände man sich tatsächlich auf einem atlantischen Felseneiland und alles andere, die ganze rumorende Sinnlosigkeit, sei nur ein Phantasma. An allen Ecken und Enden kommt in Stockholm die Natur wieder zum Vorschein, wenn man nur länger hinhört und hinsieht. Sie regt sich ständig, wie ein schlecht träumender Riese. An allen Ecken und Enden kann sie plötzlich, unerwartet ausbrechen wie eine Epidemie. Wenn irgendeine Katastrophe der europäischen Menschheit den Garaus machte, wäre Stockholm von den europäischen Metropolen die Erste, die von der Natur verschluckt und ungeschehen gemacht würde.

Nach dem Aufstehen trat ich immer zuerst ans Fenster des Schlafzimmers. So wie ich es als Kind immer getan habe, im Spätsommer schon in der Hoffnung, dass draußen alles weiß wäre. (Als Kind wünscht man sich ständig die Jahreszeit herbei, die gerade nicht herrscht. Erwachsenwerden bedeutet dann, dass man die stupide Ordnung der Jahreszeiten ergeben hinnimmt wie etwas Sinnvolles oder gar Wünschenswertes, statt sich dagegen zur Wehr zu setzen.) Ich schaute hinunter auf die Straße, wo über dem Kopfsteinpflaster der matte Widerschein des Morgenhimmels lag, milchweiß oder bläulich. Dann glitt mein Blick über die Unmengen von Pflanzen in den hohen Fenstern gegenüber: Es kam mir jedes Mal so vor, als ob man dort einen Dschungel einfach ummauert hätte. Irgendwann würden die Mauern bersten und ein Strom von Palmen, Farnen und Schlingpflanzen würde sich über die umliegenden Straßen ergießen.

Vor meinem Fenster in Bromma gibt es herzlich

wenig zu sehen, eine Elster im Gras, ein Windstoß in den Birken, in die dann für Momente ein silbergrauer Ton gerät, ein Meisenschwarm in einem der Sträucher, an seltenen Tagen ein, zwei Rehe, die eine seltsame Ruhe und Langsamkeit um sich verbreiten. Es kann einem nichts passieren, wenn man dort aus dem Fenster schaut. Malins Schlafzimmerfenster aber führt auf eine recht belebte Kreuzung hinaus: Ein flüchtiger Blick da hinunter kann genügen, um in irgendetwas heillos verstrickt zu werden. Fast geniere ich mich, es zuzugeben, aber im Lauf der Jahre hatte ich mir angewöhnt, eine Vorbedeutung für den Tag darin zu sehen, welche der Ampeln dort unten gerade auf Grün geschaltet waren und was für Passanten da warteten. Gummistiefel, Schirmmützen, Lederhandschuhe, zu einem Zopf geflochtenes dunkles Haar, ein Polizist, jemand der sich dauernd umsah oder ein Aktenkoffer aus Blech, der in einer linken Hand getragen wurde, konnten mir unschätzbare Hinweise darauf geben, was ich an diesem Tag tun oder lieber sein lassen sollte. Männer und Frauen in enganliegenden Radfahrerhosen sind jederzeit ein triftiger Grund gewesen, sofort wieder ins Bett zu gehen.

Wenn ich früh aufgestanden war, sah ich oft Schulkinder: In der nächsten Straße ist eine Schule, ein dunkler, wenn es regnet fast schwarz erscheinender Backsteinbau, mit Bogenfenstern möglicherweise (bei jedem Vorbeigehen vergewisserte ich mich, ob es

Bogenfenster sind, doch irgendein geheimnisvoller Mechanismus in meinem Kopf ließ es mich sofort wieder vergessen). Dass an die Scheiben dieser Fenster manchmal Figuren aus Buntpapier geklebt sind, macht alles nur noch schlimmer. Das Schulhaus hat ein großes Portal, das eher für die Riesen aus der Mythologie gemacht zu sein scheint als für die Winzlinge mit ihren grellbunten Ranzen. Die kleinsten Schüler können das Tor nur mit beiden Händen öffnen. Hinter ihnen fällt es dann mit einem gedämpften Ton von finsterer Endgültigkeit ins Schloss.

Ich spürte jedes Mal einen Druck auf der Brust, wenn ich auf dem Weg zur Tunnelbahnstation oder zum Verlag während der großen Pause an dem asphaltierten Schulhof vorbeikam. Es fiel mir schwer zu atmen. Das war das Knie von Hermann, das mir gegen die Brust gepresst wurde jeden Vormittag in der Pause. Ich lag auf dem Rücken und schaute an Hermanns mit einem leuchtenden blonden Flaum ganz überwachsenen Ohr vorbei in den Himmel. In der Hoffnung, ein Flugzeug zu entdecken, das den Schauplatz ausdehnen würde auf die ganze Stadt, ein flimmerndes Dächermeer, die stillen Kirchtürme in der Vormittagssonne, der Fluss überspannt von Brücken, auf denen der Stadtverkehr funkelt. Die Schulhöfe nur mehr winzige graue Rechtecke, aus denen die Entfernung alle Einzelheiten ausradiert hätte: Unmöglich zu erkennen, was dort vorfiel, doch konnte es kaum von Bedeutung sein.

Hermanns fettes und doch so hartes Knie auf meiner Brust, sein irgendwie milchiger Geruch: Monate ging das so. Und es wäre Jahre so gegangen, denn Hermann war ein schwerfälliger und begrenzter Junge. Zufällig hatte er einmal herausbekommen, dass es da jemanden gab, der schwächer war als er. Das genügte ihm. Es verlangte ihn nun nach nichts Neuem. Eine mühsam angenommene Gewohnheit gab Hermann so schnell nicht mehr auf. Meine Lage war vollkommen hoffnungslos. Denn alle Welt außer mir liebte den Hermann, weil dem spitzbübischen Lächeln, das Grübchen in seine gepolsterten Wangen machte, keine wahrnehmbaren Untaten entsprachen.

Doch dann kam Hermann auf einmal ums Leben, durch einen Blinddarmdurchbruch. Jetzt schämte ich mich ein wenig, dass der liebe Gott mich so wichtig nahm. Mich, den schmächtigen Behringer (als Kind war ich tatsächlich untergewichtig), den beim Turnen niemand in seiner Mannschaft haben mochte.

Ich dachte mir, es hätte doch auch gereicht, den Hermann irgendwie weit weg zu schleudern, in ein so weit entferntes Ausland, dass er auf eine andere Schule gemusst hätte. Sonst lohnte es sich schließlich auch nicht, auf den lieben Gott große Hoffnungen zu setzen. Er beachtete einen ja gar nicht, normalerweise. Mochte man ihn noch so inständig darum bitten, die Lehrerin mit einer langen schweren Krankheit zu schlage oder wenigstens mit einem kurzen Fieberanfall am nächsten Tag: Gott war das alles egal. War er schon nicht tot, so doch stocktaub. Zwar konnte man sich sagen, dass er eben viel zu tun hatte, bei so vielen Menschen auf der Welt, und vielleicht hin und wieder den Überblick verlor. Aber warum wurde man dann manchmal sogar regelrecht angeschmiert von ihm? Jedenfalls, diesmal, im Fall Hermann, hatte Gott einmal ganze Arbeit geleistet. Er hatte meine Gebete nicht nur erhört, er hatte sogar das vernommen und erfüllt, was ich mir von ihm offen zu wünschen nicht gewagt hätte, ganz im Stil eines Allmächtigen. Als ob er mit mir noch etwas vorhätte, hatte ich damals gedacht. Als ob ich auserwählt sei für irgendetwas, und bis dahin lässt er es mir gut gehen. Gott und ich, wir hätten zweifellos einiges auf die Beine stellen können, einige höchst wünschenswerte Korrekturen hätten wir an der Welt vornehmen können. Ich wusste ja viel besser als Gott im Himmel, wer hier auf Erden eine Abreibung verdient hatte. Ich hatte den Überblick über all die Ungerechtigkeiten und Gemeinheiten hier unten, Gott hatte die Mittel, sie zu beseitigen. Wenn er nur informiert wurde. Leider zeigte der liebe Gott kein Interesse an einer Zusammenarbeit mir mir. Er hatte mich wohl gleich wieder vergessen. Oder es war überhaupt nur eine Angelegenheit zwischen ihm und Hermann gewesen. Ich war in diesem Fall nur der zufällige Nutznießer seiner Allmacht. Mit mir hatte er gar nichts Besonderes vor. Nicht das Geringste, eigentlich. Wir haben uns dann auch bald völlig aus den Augen verloren, der liebe Gott und ich.

*

Ich war gerade schon dabei, mich aus dem Laken von Malins Bett heraus zu wickeln, als ich von der Straße herauf ein Scheppern hörte, zugleich mit einem Aufschrei.

Ich wankte ans Fenster (ich finde nach dem Aufstehen meist nicht sofort das Gleichgewicht) und tastete dabei nach meiner Brille, ohne sie zu finden. Auf dem feuchten Trottoir gegenüber stand ein älterer Mann mit einer grellroten Baseballmütze. Er rieb sich den Ellbogen und fletschte die Zähne, so dass ich noch ohne Brille das Gelb des Gebisses in seinem Gesicht ausmachen konnte. Als verschaffe ihm das Linderung, wiegte er den Oberkörper hin und her. Ein altes schwarzes Fahrrad lag quer über dem Rinnstein.

Ich nahm meine Brille vom Nachttisch und beobachtete den Mann, wie er mit den Augen die gerade leere Straße absuchte. Sein Mantel war von rechts geknöpft: Es war ein Damenmantel. Neben ihm drehte sich das Hinterrad noch, wurde aber rasch langsamer.

Plötzlich hob der Mann den Kopf und schaute, sich noch immer den Ellbogen massierend, zu mir herauf. Die Grimasse verschwand aus seinem Gesicht, so rasch, als sei sie nur gespielt gewesen. Ich schloss die Augen, wie als Kind, wenn ich nicht gesehen werden wollte. Als ich sie wieder öffnete, sah ich durch das von meinem Atem beschlagene Glas undeutlich, wie der Mann auf sein Rad stieg und davonfuhr, über die rote Ampel: die ersten Meter noch schwankend, dann ganz rasch und geradlinig, als sei ihm plötzlich sein Ziel wieder in den Sinn gekommen.

Ich zog mir Malins Bademantel über, auf dem große bunte Fische abgebildet waren, und ging in das Badezimmer hinüber. Die rote Baseballmütze, die langsam im Morgengrau verschwand, hatte ich noch immer als Nachbild auf der Netzhaut. Ich war gerade beim Wasserlassen, als das Telefon klingelte. Es war Xenia, eine Kollegin von Malin und ihre beste Freundin.

»Sagt mal, habt ihr verschlafen? Es ist neun Uhr! Ist Malin noch zu Hause?«

»Es kann schon sein, dass sie ein wenig verschlafen hat«, antwortete ich. Aber mit Sicherheit wusste ich es nicht: Ich war nicht wach geworden, als sie aufstand. Malin war in dieser Hinsicht sehr rücksichtsvoll. Wahrscheinlich hätte ich sie auch nur gestört in ihren schon um diese Zeit ungeheuer sinnvollen und durchdachten Verrichtungen.

Wir überlegten, was geschehen sein konnte. Eine Störung im Tunnelbahnverkehr, vielleicht. Aber niemand sonst auf der Station sei zu spät gekommen oder habe etwas von einer Verspätung erzählt. Jemanden unterwegs getroffen: Nein. Es sah Malin nicht ähnlich, deswegen zu spät zum Dienst zu erscheinen. Und überhaupt: Wen hätte sie schon treffen sollen? In den letzten Jahren war sie gerade zwei- oder dreimal zu spät gekommen, und Xenia rechnete mir vor, dass es jedes Mal meine Schuld gewesen sei. Wie zum Beispiel im Frühjahr, als ich mich einmal in einem Anfall morgendlicher Schwermut im Badezimmer eingeschlossen hatte. Aber das war ein besonderer Fall gewesen, und es war nicht gerade taktvoll von Xenia, dass sie diese Geschichte jetzt ins Feld führte. Wie es auch von Malin nicht taktvoll gewesen war, sie jedem zu erzählen, der sie hören wollte. Und Krankenhäuser sind voll von Menschen, die solche Geschichten hören wollen.

Ich war nicht besorgt; dazu bestand für mich kein Anlass. Ich hörte Xenia zu, weit entfernt. Es war ein kühler, regnerischer Tag, und ich freute mich darauf, im Lesesaal der Königlichen Bibliothek zu sitzen, den Staubgeruch alter Bücher einzuatmen, vernichtende Blicke auf miteinander tuschelnde Studentinnen zu werfen und ab und an auf die mächtigen Kastanien in Humlegården hinauszuschauen.

Ich sagte, dass Malin sicher gleich auftauchen würde.

»Du kannst ihr ausrichten, dass ich schon aufgestanden bin. Sie wird stolz auf mich sein.«

Ich dachte einen Augenblick an Xenias schwarze Locken, ihre großen blauen Augen und den Anflug von Sommersprossen um ihre kleine Nase. Deshalb fügte ich noch hinzu:

»Wie geht es dir eigentlich, Xenia? Wir haben uns lange nicht mehr gesehen. Wir könnten doch vielleicht wieder einmal etwas unternehmen. Ich war zum Beispiel schon Monate lang in keinem Jazzkonzert mehr. Malin auch nicht.«

Doch Xenia hatte schon aufgelegt. Sie hatte die Angewohnheit, ganz plötzlich einzuhängen, wenn ihrem Gefühl nach ein Gespräch ausgeschöpft war. Zumindest, wenn es sich um ein Gespräch mit mir handelte. Aus irgendeinem Grund misstraute sie mir und wollte nichts mit mir zu tun haben. Was immer ich erzählte, sei es nun eine Kindheitserinnerung oder irgendeine Anekdote, Xenia quittierte es, indem sie mich kalt mit ihren blauen Augen musterte, von meiner Stirn bis ungefähr zum Gürtel. Ich glaube fast, sie hielt mich für einen Nichtstuer, der sich mit leeren Reden zu verteidigen sucht. Oder jemanden, der nicht ganz bei Trost ist.

Wenn ich heute an dieses Gespräch zurückdenke, bin ich mir sicher, dass Xenia sich große Sorgen um Malin machte. Nicht nur weil sie in ihren Nachtdiensten immer und immer aufs neue sämtliche Krimis von Sjöwall und Wahlöö gelesen hatte, in denen sich unsere doch eher behäbige Hauptstadt in ein Laboratorium der verbrecherischen Instinkte verwandelt. Sondern auch, weil solche träumerischen Unregelmäßigkeiten bei Malin tatsächlich nicht vorkommen. Ihre Zuverlässigkeit ist von der manchmal schon unangenehmen Art eines Uhrwerks. Sie gehört nicht zu den Menschen, denen jemals etwas dazwischenkommt. Früher in der Schule hat sie ohne Zweifel nie gefehlt. Wahrscheinlich hatte sich Xenia bereits überlegt, was sie zur Beerdigung anziehen könnte. Nicht aus Zynismus oder Oberflächlichkeit: Xenia ist mit einer stark entwickelten Einbildungskraft begabt, die sich freilich nie über das Mögliche erhebt; wo andere vage Befürchtungen hegen, füllt sich bei Xenia immer schon alles mit den deutlichsten Details aus, und das ist im Grunde ein faszinierender Zug an ihr, in meinen Augen. Übrigens würde ihr Schwarz wohl ziemlich gut stehen.

Als ich am folgenden Tag abends mit Malin telefonierte, fragte ich sie, wie es bei ihr so gelaufen sei, gestern und heute.

»Viel Arbeit eben, wie immer. Aber wie soll man das dir begreiflich machen, was das bedeutet«, sagte sie. »Wir finden keine Pflegekräfte, was will man da machen. Deshalb mache ich von früh bis spät Dinge, die eine ausgebildete Krankenschwester sonst nicht tut. Aber warum interessiert dich das denn plötzlich?«

Ich sagte dazu nicht viel. Es war nicht Eifersucht, was ich empfand. Nachdem ich keinerlei Ambitionen hege, das Oberhaupt einer Kleinfamilie abzugeben, tauge ich auch nicht recht für die Rolle des gehörnten Ehemannes. Etwas anderes beschäftigte mich. Irgendetwas Außerordentliches, dem ich niemals auf den Grund gehen werde, muss Malin an diesem Montag begegnet sein. Ich erwähne es, weil es ein erstaunliches Zusammentreffen ist. Denn auch für mich ist dieser kühle, regnerische Sommermontag am Ende kein Tag wie jeder andere gewesen.

*

Nicht dass sich dieser Montag, sieht man von dem Telefonat mit Xenia ab, in irgendeiner Weise bemerkenswert angelassen hätte. Ich duschte und trank dann in der Küche den Kaffee, den Malin mir wie immer in einer Warmhaltekanne aufgehoben hatte. Lange konnte ich es in Malins Küche nicht aushalten. Denn außer den Pflanzen auf dem Fensterbrett, deren Blätter das Licht reflektieren, als wären sie aus Metall, ist alles in dieser Küche weiß oder altrosa: die Tapete, die Tassen, die Tischdecke, selbst die Schürze, die an der Tür an einem Haken hängt. Auch der Kalender mit den mundgemalten Aquarellen schimmert von der Wand herunter in lauter sanften Pastelltönen, den Farben der Mildtätigen eben. Nur das Schwarz des Kaffees hob sich wohltuend ab.

Es regnete. Auf der Schwelle der Haustür warf ich einen Blick zum Himmel. Vor einem porzellanweißen Hintergrund trieben feine graue Schwaden.

Es war die Art von Regenhimmel, die keine rasche Aufhellung erwarten lässt. Meine Stimmung war gut.

Ich spannte einen Schirm auf, den ich achtlos aus dem Ständer in Malins Flur genommen hatte. Zu meinem Entsetzen zeigte er ein gelbes und rosarotes Blumenmuster.

Unter der metallenen Überdachung eines Kiosks aß ich einen Hot Dog aus der Papierserviette. Im Kiosk lief ein Transistorradio. Das Lied, das gerade gespielt wurde, hat man in diesem Sommer oft gehört. In ihrem Video tanzen die Sängerinnen zwischen Weingläsern und Tellern auf den Tischen eines feinen Lokals, vor distinguierten älteren Herrschaften, die zwischen Entgeisterung und erotischer Begierde unentschlossen hin und her zu schwanken scheinen.

Auf der anderen Straßenseite ging eine alte Bekannte vorbei, eine verrückte Greisin mit einem riesigen Federhut und einem schmutziggrauen Pudel. Mit würdevoll in den Nacken gelegtem Kopf schritt sie durch den in diesem Moment gerade besonders heftig strömenden Regen. Wie oft ist mir diese Alte in den letzten Jahren in diesem Viertel über den Weg gelaufen: wie eine hartnäckig aus der Verdrängung wiederkehrende Erinnerung. Wie mir überhaupt die Vorgänge in der Vasavorstadt und bis Norrmalm hinauf wie Vorgänge meines Inneren vorkommen, oder doch wie Bilder davon. Wenn ich an das glänzende Gefieder der Elstern in Observatoriumslunden denke. Den runden, karminfarbenen Zylinder der Stadtbibliothek, der in der Spätnachmittagssonne zwischen den dunklen Blättern der Parkbäume zu einer Feuersäule werden kann. Oder an die Straßen, die genauso verlassen und ziellos am Bahndamm entlanglaufen, wie ich das als Kind getan habe. Es erscheint mir kaum vorstellbar, dass dieses Viertel schon Jahrzehnte, Jahrhunderte vor meiner Ankunft existiert haben soll, und nach meinem Verschwinden von der Bildfläche weiterbestehen könnte.

Manchmal ist eine Straße, die ich entlanggehe, auf einmal minutenlang von Möwengekreisch, auf und ab gleitenden Vogelkörpern erfüllt, die wohl von der Barnhusbucht her kommen. Vor Jahren hat sich dort ein ehemaliger Kommilitone von mir ertränkt: Es ist, als ob ich daran von Zeit zu Zeit erinnert werden sollte. Gleichzeitig stelle ich fest, dass das Kreischen der Möwen sich von dem der Kinder auf dem Schulhof nur in Entsetzensnuancen unterscheidet.

*

Ich machte mich dann auf den Weg zur Königlichen Bibliothek, wo ich ein paar alte Reisebeschreibungen von Lappland durchsehen wollte. Die Bücher hatte ich schon vor Abisko bestellt; ich brauchte sie mir am Schalter vor dem Lesesaal nur noch aushändigen zu lassen.

Ein paar Stellen, die mir gefallen haben, sind in mein Notizbuch eingegangen.

Ein deutscher Reisender namens Johann Gerhard Scheller beschreibt im Jahre 1713 einen protestantischen Gottesdienst in Lappland: *Aeusserlich bezeigen sich die Leute in der Kirchen sehr andächtig. Wenn in der Predigt etwas bewegliches vorkömet / seuffzen sie überlaut. Damit unter der Predigt niemand schlaffe / gehet ein Kerl in der Kirchen mit einer langen abgeschälten Stange auf und nieder / und notabenisiret die Schläfer.*

Eine seltsame Bemerkung habe ich in einer fast dreihundert Jahre alten deutschen Ausgabe von La Martinières *Voyage des pais septentrionaux* gefunden. Es heißt da: *Die Lappen / ob sie schon der Religion nach Lutheraner seynd / und Priester zu ihrer Unterrichtung haben / so unterlassen sie doch nicht dem Teuffel anzuhangen / indem sie fast alle Zäuberer seynd / und so abergläubisch / daß / wenn sie einem Thiere begegnen / welches ihnen verdächtig ist / sie wieder umkehren / und den ganzen Tag nicht aus ihrem Hause gehen.*

Während ich über diese philosophische und von großer Lebensklugheit zeugende Handlungsweise nachdachte, sah ich hinaus auf den mächtigen Kastanienbaum vor den Fenstern des Lesesaals. Der Regen hatte inzwischen aufgehört, doch war der Himmel noch stärker verhangen als vorhin. Es ist mir schon öfter aufgefallen: Dieser Baum, vom Lesesaal aus betrachtet, hat bei trübem Wetter die Eigenschaft, blau zu erscheinen, nicht nur bläulich, sondern in einem Blau, das etwa dem Brustgefieder eines Blaufinks gleichkommt. Die Menschen, die jetzt, um die Mittagsstunde, unter dem Baum hinweggingen, in Humlegården hinein, manche mit Hunden, nahmen von diesem Blau freilich keine Notiz.

Ich vertiefte mich nun wieder in Scheller und La Martinière und fand, dass sie sich nicht einig wurden in der alten Frage, ob die Lappen vor Antritt einer Fahrt den Rentieren das Ziel ins Ohr flüsterten. La Martinière erzählt: *Nachdem wir solcher Gestalt zur Abreise fertig waren / mummelte unser Wirth deme die Rennthiere gehöreten / einem ieden etliche Worte ins Ohr / und sagte ihnen / meinen Gedancken nach / den Ort / wo sie uns hinführen sollten / und alsbald dehneten sie sich so gewaltig aus / daß wir meyneten / die Teufel trügen uns weg.* Scheller führt gegen diese Vorstellungen ein bedenkenswertes Argument an: *Lächerlich ist es, daß manche denen Leuten weiß gemacht / man müßte denen Rennthieren bey jeder Fahrt ins Ohr sagen / wohin man reisen wolle. Allein dieses bedarf keines Refutatorii, wenn man nur bedencken will / daß es unvernünfftige Thiere. Wie sollten doch unvernünfftige Thiere verstehen und thun können / was man ihnen ins Ohr saget / will doch manchmahl ein vernünfftiger Mensch nicht verstehen und thun, was man ihm ins Ohr saget.*

Während ich in den Reisebeschreibungen blätterte, kam mir immer wieder meine eigene Fahrt in den Sinn. Ein paar Stunden nach dem Gespräch im Zugrestaurant stand der Zug im Bahnhof von Kiruna. Der Regen hatte nachgelassen. Durch das heruntergeschobene Fenster über meinem Kopf floss feuchte Kälte ins Abteil. Ich war inzwischen allein. Draußen auf dem Gang wanderte der alte Schaffner auf und ab, die Hände über dem Gesäß verschränkt, wie ein Nachtwächter.

Hinter den rotgestrichenen Holzhäusern mit den weißen Fensterrahmen ragten schwarzglänzend die Halden des Erzbergwerks auf. Im Vordergrund das stille Leuchten der Fenster des Wartesaals, in dem niemand saß. Ohne näher kommen zu müssen, unterschied ich den vanillefarbenen Ölanstrich, ein paar bunte Plakate, die für Ziele im Mittelmeer warben, die dunkelbraunen Holzbänke, mit hellgescheuerten Stellen, übersät mit Kerben und Kratzern. Mich erstaunte die liebevolle Treue, mit der das Neonlicht die Unebenheiten auf den Sitzflächen herausarbeitete, pausenlos, den ganzen Tag über, sehr wahrscheinlich auch, wenn niemand hinsah.

Auf dem Gleis gegenüber fuhr ein Zug aus der Gegenrichtung ein. Eine Frau mit dichtem schwarzen Kraushaar, einen ausgebeulten Lederkoffer in der Hand, sprang von der Plattform auf den Perron hinunter, genau in die Arme eines sehr großen, bärtigen Mannes. Der Mann hielt in der Umarmung einen in

Seidenpapier gewickelten Blumenstrauß von der Frau weg.

Es war, als ob die gelassene Genauigkeit, die in Abisko über allen Dingen schwebt, schon hier, noch zwei Stunden entfernt, ihren Anfang nehme: die Risse im lackierten Leder des Koffers, die kirschroten glänzenden Fingernägel der Frau, die gemalten Augenbrauen. Die rotblonden Haare auf dem Handrücken des Mannes. Sein aufgegangenes, mit einem Ende in einer Pfütze liegendes Schuhband. Das Kratzen und Scheuern seiner Barthaare am Kinn, an den Wangen der Frau. Die Zunge des Mannes zwischen ihren rotgeschminkten Lippen. Dass die Frau im Küssen die Augen schloss, nicht aus Hingabe, sondern, nicht zu übersehen, widerwillig.

Langsam setzte sich mein Zug in Bewegung. Das Paar fiel aus dem Bild, ohne sich auch nur mit einer Geste dagegen zu wehren. In der Ferne glitten Reihenhäuser vorüber, wahrscheinlich die der Bergleute. Blöcke, die gelb wie Amselschnäbel von den schwärzlichen Hügeln herableuchteten. Eine auffliegende Möwe schien, wegen der gegenläufigen Fahrtrichtung, einen Augenblick in der Luft stillzustehen.

Als ich das nächste Mal von meinem Buch aufblickte, sah ich unten Gudmundson aus Humlegården kommen. Am Straßenrand blieb er stehen, wie unschlüssig, welche Richtung er einschlagen sollte. Er trug wie immer sein großkariertes gelbes Jackett, mit dem man ihn mühelos auch in einer riesigen

Menschenmenge entdecken könnte. Sein Oberkörper schwankte unablässig wie ein Kreisel, der gleich zum Stehen kommen wird: Es war gerade erst zwölf Uhr vorüber, und Gudmundson war schon ernstlich betrunken. Das war ungewöhnlich: Normalerweise wird es erst am späten Nachmittag schwierig mit ihm.

Mich überkam dieses leicht beklemmende Gefühl, wenn man jemanden beobachtet, den man gut kennt und der in genau diesem Augenblick in einer anderen Welt ist, in der man gar nicht vorkommt. Gudmundson stolperte weiter; im Vorbeigehen griff er kurz nach einem Verkehrsschild, als wollte er dessen Standfestigkeit prüfen, und glitt dann aus meinem Blickfeld.

Gudmundson und ich sind so etwas wie Freunde gewesen, seit wir einmal, wie schon gesagt, auf einer Bank vor der Stadtbibliothek ins Gespräch kamen. Er hatte wie ich ein paar Bildbände auf den Knien, und so kam es, dass er mich fragte, was ich da lese. Er erzählte mir, er sei Frührentner, arbeitsunfähig wegen eines Rückenleidens. Es ist schwer vorstellbar, doch vor ein paar Jahren hat Gudmundson noch schwere Lastwagen von Stockholm nach Ankara oder nach Lissabon gefahren. Jetzt ist seine Welt so klein, dass er sie mehrmals am Tag umrunden kann, mit kleinen, unsicheren Schritten und mit einer Bierdose in der Hand. Gudmundsons so kläglich geschrumpfte Welt erstreckt sich etwa vom Bahndamm nach Norden bis zum Vanadisbad hinauf. Mit dem Bahnhof als heimlichem Zentrum. Doch dem Hier und Jetzt schenkt Gudmundson keine große Beachtung. Nur wenn es ihn überkommt, wie eine alles andere überflutende Gegenwärtigkeit, denke ich mir. Sonst lebt er in Gedanken ganz in seiner Fernfahrerzeit. Sie verklärt sich in seiner Erinnerung zu einer Epoche, in der er als sinnvoller Held unterwegs war. Er redet und erzählt von nichts anderem als von den bis zum Horizont reichenden Sonnenblumenfeldern in der Westtürkei, vom Türkisblau des Schwarzen Meeres in der Gegend von Sinop, von den Straßenbahnen in den schmalen Gassen von Lissabon. Es ist wirklich so: Vor lauter Sehnsucht hat Gudmundson eine Sprache gefunden. Ich habe ihn einmal im Scherz als Gedankenarbeiter bezeichnet. Er hat diesen Namen, wenn er ihn vielleicht auch nicht recht verstand, als Ehrentitel aufgefasst, und er stellte sich jedem, der es noch nicht wusste, als Gedankenarbeiter vor.

Noch etwas anderes hat es Gudmundson angetan: die kleinen Rettungs- und Glücksgeschichten, die man Tag für Tag in *Expressen* und *Aftonbladet* lesen kann und die uns vom letztlich gütigen Charakter der Welt überzeugen sollen. Wie vor ein paar Wochen die Geschichte von dem aus seinem Nest gefallenen neugeborenen Eichhörnchen, das von einem Feuerwehrmann durch, wenn man so sagen kann, Mund-zu-Mund-Beatmung gerettet wurde. Oder letzte Woche, als ich ihn vor dem Vanadisbad getroffen habe.

»Ein kleines Mädchen beerdigt seinen Goldhamster im Garten«, erzählte er mir. »Natürlich ist es wie gelähmt vor Trauer. Es versteht die Welt nicht mehr. Aber am nächsten Tag läuft der Hamster plötzlich wieder im Garten herum. Er war gar nicht tot gewesen und hat sich sechzig Zentimeter durch die Erde zurück ans Licht gebuddelt. Solche Dinge passieren auf der Welt, Behringer. Ganz trostlos ist es doch nicht.«

Gudmundson konnten solche Nachrichten den Tag retten.

Ich überlegte, ob ich Gudmundson nachgehen und zu einem Bier einladen sollte, nicht weil es irgendetwas zwischen uns zu besprechen gegeben hätte (schließlich konnte ich ihm schlecht von Abisko erzählen), sondern nur um mich in Erinnerung zu bringen. Um dieses Gefühl loszuwerden, nur ein winziger Punkt auf der Welt zu sein, der auf einem Stuhl im Lesesaal der Königlichen Bibliothek zu Stockholm Platz hat und keine Handbreit darüber hinaus reicht. Ich gab diesem Einfall nicht nach, vor allem weil mir Gudmundson schon allzu betrunken vorkam, um auch nur ein halbwegs sinnvolles Gespräch mit ihm zu führen. Und irgendeine Geschichte von der wunderbaren Rettung eines Kleintiers hätte mir jetzt keinen Schritt weitergeholfen. Aber ich steckte doch mein Notizbuch ein, gab die

Bücher an der Ausleihtheke zurück und verließ die Bibliothek.

*

Nördlich des Zentrums, irgendwo zwischen dem Bahndamm und dem Vasapark, gibt es in einer kleinen Straße ein scheinbar seit Jahren leer stehendes Geschäftslokal. Sie sind vielleicht selbst schon oft daran vorbei gelaufen, ohne jemals davon Notiz genommen zu haben. Hunderte von Leuten gehen jeden Tag gleichgültig an dem vor Schmutz blinden Schaufenster vorüber. Was mich dazu bewogen hat, jetzt dort stehen zu bleiben und durch die Scheibe zu spähen, kann ich nicht sagen. Vielleicht war es nur Langeweile. Zuerst sieht man überhaupt nichts; erst ganz allmählich, mit dem Gesicht ganz nah am Glas, erkennt man eine mit schwarzem Samt ausgeschlagene Auslage, in der sich nichts befindet als ein geschnitztes, mit brauner Farbe bemaltes und mit grünen Stecknadelkopfaugen versehenes Rentier.

»Eine höchst bemerkenswerte Arbeit, nicht wahr?«, sagte plötzlich jemand hinter mir, ganz nah an meinem linken Ohr.

»Danke, ich kaufe nichts«, sagte ich mechanisch, noch bevor ich mich umwandte.

Der Mann lachte leise. Er hatte seinen Mantelkragen hochgeschlagen, gegen den Regen. Darüber waren hohe Wangenknochen und blaue Augen zu sehen, die tief in ihre Höhlen zurückgesunken waren. Die Augenbrauen waren dicht und schneeweiß, wie Streifen eines Pelzes. Er trug eine etwas lächerliche, aber irgendwie Vertrauen erweckende Schirmmütze aus grauem, changierendem Cordsamt.

»Gut geantwortet«, sagte er. »Das Stück steht allerdings ohnehin nicht zum Verkauf. Es dient lediglich der Dekoration.«

»Was Sie nicht sagen.«

Ich wollte weitergehen, denn es ist alles andere als nach meinem Geschmack, auf der Straße von fremden Leuten in Gespräche verwickelt zu werden. Schon gar nicht über geschnitzte Rentiere.

»Vielleicht hätten Sie doch noch einen Augenblick Zeit, Herr Behringer«, sagte der Mann. »Ich wollte Ihnen gern Ihren Bibliotheksausweis zurückgeben. Sie haben ihn auf der Theke des Ausgabeschalters liegenlassen.«

Er reichte mir wirklich meine Karte, die ich natürlich noch nicht vermisst hatte.

»Vielen Dank«, sagte ich. »Sie haben mir eine Menge Ärger erspart.«

»Nicht der Rede wert«, sagte der freundliche Herr. »Ich habe gesehen, dass Sie alte Lapplandbücher ausgeliehen hatten?«

Ich wollte antworten, dass ich nur für einen Kollegen etwas nachgeschlagen hätte und mich nicht wirklich für dieses Thema interessiere. Aber stattdessen sagte ich:

»In denen man von höchst seltsamen Dingen lesen kann.«

»Ja? Wissen Sie, das interessiert mich ganz außerordentlich. Hätten Sie Zeit, würden Sie eine Tasse Kaffee mit mir trinken?«

Ich antwortete, ja gern, nur wisse ich kein Café in der Nähe.

»Daran soll es nun nicht scheitern. Es ist nicht ohne weiteres für jedermann zu erkennen, aber wir stehen direkt vor einem Café, und sogar vor einem recht gemütlichen. Wir sollten also nicht länger hier draußen im Regen stehen.«

Der Mann trat durch die Tür, deren Glasscheibe von innen mit Packpapier verklebt war, und ich folgte ihm. Das düstere Regenwetter und die völlig verschmutzten Scheiben bewirkten, dass es im Inneren sehr dunkel war. Es roch nach Gips und Moder. Erst allmählich konnte ich eine Ladentheke und eine zerschlagene Vitrine unterscheiden. An der linken Wand waren leere Regale. Auf der Theke, wo der Staub eine Decke wie aus feiner Wolle bildete, stand eine leere Bonbonnière. Auch eine uralte Registrierkasse mit einer Kurbel an der Seite konnte ich erkennen: Genau so eine war in dem Milchladen gestanden, in den ich als Junge immer geschickt worden war. Ich glaubte bei ihrem Anblick das Klingelgeräusch zu hören, mit dem die Lade einst aufgesprungen war, vor vielen Jahren. Als Kind hatte ich mir oft vorgestellt, selbst einen Laden zu besitzen und Herr einer solchen Kasse zu sein. Dazu musste man meiner Auffassung nach aber ungeheuer dick sein, einen blendend weißen Kittel tragen und den ganzen Tag über drohend den Blick über Waren und Kundschaft schweifen lassen, die Arme gebieterisch auf den Ladentisch gestützt.

»Hier vorne ist es nicht besonders einladend«, sagte der Mann. »Wenn Sie mir bitte folgen wollen.«

Das Café befand sich im Hinterraum dieses Ladens. Durch die offenstehende Tür sah ich eine junge Frau mit einer Baskenmütze, die vor einem Buch saß und, ohne den Blick aufzuheben, in einer Kaffeetasse rührte. Der Mann ging voran und verschwand für einen Augenblick in einer Seitentür; ich blieb im Türrahmen stehen. Es gab vier runde Tische, über die bunt geblümte Wachstuchdecken gebreitet waren. Von der Decke herab hing ein riesiger Lüster, der für diesen schäbigen Raum nicht nur zu groß, sondern vor allem auch viel zu prachtvoll war. Als ich leicht daran stieß, entstand ein helles, wie aus einer fernen Welt kommendes Klingeln. Außer der jungen Frau, die mich jetzt mit erstaunten oder vielleicht verschlafenen Augen kurz ansah, waren keine Gäste da.

Im Vorbeigehen strich ihr der Mann, wie einem kleinen Kind, übers Haar, mit einer Geste voller verlegener Zärtlichkeit. Als sie zu ihm aufsah, bemerkte ich, dass sie tatsächlich noch nicht älter als siebzehn Jahre sein konnte. Sie erinnerte mich an jemanden, aber erst jetzt, in der Erinnerung, wird mir klar, dass sie meiner Schwester ähnelte.

»Sie werden es nicht glauben, sie kommt aus Lappland. Kennen Sie Lappland? Entschuldigen Sie, was für eine törichte Frage. Natürlich kennen Sie Lappland.«

»Warum ist sie denn hier?«, fragte ich.

»Ich denke, sie weiß es selbst nicht. Jemand muss sie zurückbringen, wissen Sie.«

»Warum steigt sie nicht einfach in den nächsten Zug?«

»Ich weiß es nicht genau, aber so einfach ist es nicht. Lachen Sie bitte nicht, mein Herr, aber es ist so, als müsste sie erlöst werden.«

Es lag mir auf der Zunge, dass Erlöser heute nicht mehr so leicht zu haben seien. Aber ich sprach es nicht aus, vielleicht aus Mitgefühl, vielleicht auch aus Höflichkeit. Der Mann ging jetzt auf einen der beiden Fenstertische zu und nahm seine Kappe ab, unter der kurz geschnittenes, aber auffällig dichtes schneeweißes Haar zum Vorschein kam, mit einzelnen tabakgelben Strähnen. Seinen Mantel hatte er schon hinter der Seitentür ausgezogen. Der Hosenbund reichte ihm, wie oft bei älteren Männern, bis zur Brust. Trotzdem wäre sein Aufzug mit dem weißen Hemd, den glitzernden Manschettenknöpfen und der kurzen Krawatte beinahe fein gewesen, hätte er nicht nachlässig seine Hosenträger herabbaumeln lassen.

»Ist Ihnen dieser Tisch genehm? Ich sitze immer

an diesem Tisch. Nun, wer sollte mir das auch verwehren? Schließlich bin ich der Wirt. Übrigens ist mein Name Fahlbeck.«

Er machte eine tiefe Verbeugung, als wollte er mir zeigen, dass auch oben auf dem Kopf sein Haar noch sehr dicht war.

Ich lehnte meinen Schirm an die Wand und setzte mich. Auf dem Fensterbrett war eine Wasserlache, doch war nicht zu erkennen, wo das Fenster undicht war. Es ging auf einen Lichthof hinaus, in dem verwelkte Topfpflanzen auf einen Haufen geworfen worden waren. Oben auf einem regenglänzenden Haufen zerbrochener Ziegel lag eine Schneiderpuppe, der jemand eine Brille mit zersprungenen Gläsern aufgesetzt hatte. Gegenüber saß eine große rote Katze in einem Fenster; und dahinter im Zimmer glomm wie ein sehr ferner Mond eine nackte Glühbirne.

Über dem Brühautomaten, aus dessen Kanne der Wirt nun zwei Tassen Kaffee einschenkte, stand auf einem Wandbord ein Vogelbauer mit einem vergreisten Wellensittich darin. Er war grün, wie der, den ich als Kind hatte.

»Eine beneidenswerte Kreatur«, sagte Herr Fahlbeck, während er die Tassen auf den Tisch stellte.

»Beneidenswert? Ich weiß nicht recht, sein Lebensraum ist doch sehr begrenzt«, sagte ich.

»Oh doch. Wenn Sie ihn einmal über eine längere Zeit hinweg beobachtet haben, werden Sie mir beipflichten. Den lieben langen Tag starrt dieser Vogel sein Spiegelbild an. Lässt es kaum aus den Augen und schnäbelt sogar mit ihm. Er ist so fest davon überzeugt, jemanden zu haben im Leben, wie es ein Mensch, selbst der einfältigste, niemals sein könnte.«

Aus einer Ecke wurde diese Behauptung mit einem fröhlichen Kichern quittiert. Im Halbdunkel saß dort eine ältere Dame und winkte mit einem Spitzentaschentuch zu uns herüber. Sie war sehr gepflegt, vielleicht ein wenig stark geschminkt, mit grauem, dabei aber doch deutlich ins Blaue spielendem Haar, wie man es bei solchen alten Frauen, die sich selbst die Haare tönen, öfter sieht. Herr Fahlbeck erzählte mir, es sei die Witwe eines Gymnasialprofessors, und sie erscheine jeden Tag um Punkt drei Uhr. »Und das ist auch sehr begreiflich«, sagte er und lachte, so als wären wir ganz allein, »denn Sie müssen wissen, um drei Uhr nachmittags schlägt für die alten Witwen die Geisterstunde. Um drei Uhr, zu der Zeit, wo es für alles entweder zu früh oder zu spät ist. Unter den Leuten, die den alten Witwen um diese Zeit auf der Straße entgegenkommen, ist ja niemals ein bekanntes Gesicht. Von ihren Kindern und Enkeln erinnert sich niemand gerade um drei Uhr an sie. Es ist eine Zeit des Tages, in der große Öffnungen klaffen in die Vergangenheit. In der gegenwärtige und längst vergangene Augenblicke sich ineinander schieben, wenn Sie verstehen, was ich meine, sich sozusagen verkeilen und manchmal in eins zusammenschmelzen wie im Winter die Eisschollen auf Strömmen.«

Ich wandte mich der jungen Frau am Nebentisch zu, aber an diesem Tisch saß niemand, und seltsamerweise stand da auch keine Tasse mehr, als wäre da niemals jemand gesessen.

*

Jemandem hinter mir fiel der Bleistift zu Boden und ich schreckte auf. Ich warf einen Blick auf die Uhr: kaum zehn Minuten war ich eingenickt. Es passiert mir oft, dass ich im Lesesaal einschlafe, und fast jedesmal habe ich dann Träume, die ihren Anfang in eben diesem Lesesaal nehmen. Erst kürzlich habe ich mich im Traum in den Katakomben des Magazins verirrt, für das man riesige Räume aus dem Granituntergrund gesprengt hat; überall lagen Leute herum, die das angebliche Schicksal des barocken Polyhistors Daniel Georg Morhof teilten: Von den oberen Regalen herabgestürzte Folianten hatten ihnen die Schädel zertrümmert.

Was ich im Traum schon getan hatte, tat ich jetzt wirklich: Ich steckte mein Notizbuch ein, gab die Bücher an der Ausleihtheke ab und trat auf die Straße. Nach Bromma hinaus zu fahren, konnte ich mich noch nicht entschließen. Außerdem würde die

Tunnelbahn bald voller entsetzlicher Schulkinder sein. Also spazierte ich durch die Straßen, was ich ja oft stundenlang tue. Radfahren ist mir zuwider, es hat etwas Lächerliches, und wenn es noch so allgemein geübt wird; außerdem ist es die Fortbewegungsart, die am wenigsten Beobachtungen zulässt. Vielleicht gibt es niemanden in dieser Stadt, der soviel in ihren Straßen herumgelaufen ist wie ich, ein paar Stadtstreicher ausgenommen. Zwar fing es nun wieder heftig zu regnen an, doch ich war ja mit Malins farbenfrohem Schirm versehen.

Es geschah weiter nichts mehr an diesem Nachmittag. Nichts was in eine richtige Geschichte tatsächlich hineingehören würde. Der Regen hatte aufgehört, aber die Luft war kalt und grau. In einem McDonald's-Restaurant sah ich im Vorbeigehen eine Taube unter den Tischen nach Essensresten picken. Am Östermalmstorg stieg ich in die Tunnelbahn und fuhr nach Hause. Am Odenplan sah ich, wie zwei Polizisten draußen vor der Rolltreppe einem baumlangen Kerl in Lederkluft Handschellen anlegten. Ich hätte schwören können, dass es der Mann vom Bahnsteig in Kiruna war. Schräg gegenüber von mir saß ein ziemlich verwahrloster Mann, der ununterbrochen laut gähnte und dabei auffordernd um sich blickte, als sollten die Fahrgäste ihre Verantwortung für seine Langeweile begreifen.

Aus dem Supermarkt an der Station Abrahamsberg nahm ich eine Dose Tomatensauce und eine

Packung Spaghetti mit. An der Kasse stand eine stark geschminkte und parfümierte Frau im Minirock und in Netzstrümpfen vor mir. Das blieb mir im Gedächtnis, denn diese Art von Frauen kommt eigentlich nicht vor in unserem netten Vorort.

Auf dem Waldweg, der den Abrahamsberg hinaufführt zu meiner Straße, entdeckte ich eine tote Amsel. Sie sah aus, als sei sie noch warm. Mit der Schuhspitze drehte ich sie um: Sie zeigte keine Anzeichen einer Verletzung. Die schwarzen Augen mit dem leuchtend gelben Ring schienen die Welt noch in sich aufzunehmen. Sie erinnerten mich an Frau Fries, eine alte Frau, die auch in Abisko im Hotel gewohnt hatte. In ihrem runzligen und verwitterten Gesicht hatten die schwarzen Augen den Prozess des Alterns nicht mitvollzogen, es waren die reinsten Kinderaugen. Frau Fries sammelte den ganzen Tag über Steine in den Bergen, aber sie brachte sie immer wieder dorthin zurück, wo sie sie gefunden hatte. Als ich sie einmal fragte, warum sie keine Mineraliensammlung angelegt hätte, sah sie mich eine Weile mit schief gelegtem Kopf an und sagte dann:

»Ja, glauben Sie denn allen Ernstes, man könne einen Stein *besitzen*? Etwas so Schweres, Fremdes, Undurchdringliches? Etwas, das unsere kläglichen Organismen um so viele Jahrmillionen überdauert? Nein, junger Mann, die Besitzverhältnisse sind da doch wohl ganz andere.«

Während ich mich noch daran erinnerte, hatte ich

schon oben die Straße erreicht. Die Auffahrt zum Haus war voller graurosa Nacktschnecken, die schleimig glänzende Spuren über den Asphalt zogen.

Ich war ein wenig nervös, als ich nach Hause kam, ohne recht zu wissen weshalb. Fast wie vor einer Reise. Es gelang mir dann aber doch, bis in den Abend angespannt und gedankenlos an meiner Übersetzung zu arbeiten, einem zutiefst langweiligen Wälzer über die Geschichte der Hanse auf der Insel Gotland.

Dass es bald wieder heftig zu regnen begann, am Spätnachmittag aber wieder aufhörte und der Himmel sich sogar aufheiterte, nahm ich nur flüchtig wahr. Obwohl ich schon seit langem die Gewohnheit habe, die Veränderungen am Himmel, das Aufkommen und Abflauen der Winde, die in Stockholm manchmal im Viertelstundentakt wechselnden Beleuchtungen, genau zu verfolgen. Nur dass man nicht die Möglichkeit hat, diesen beständigen Wechsel über Jahrtausende zu verfolgen, lässt ihn so bedeutungslos erscheinen, so bedauerlich zufällig wie unsere eigenen Existenzen.

Am Abend ging ich noch ein wenig hinaus. Es war noch nicht dunkel, aber die Straßenbeleuchtung war schon eingeschaltet. Wo man auf den ersten Blick Licht in einem Zimmer vermutete, brach sich oft nur der Laternenschein in den Scheiben. Eine Zeit lang ging ein kleiner dicker Mann vor mir her, der unausgesetzt gestikulierte, jammerte und den Kopf schüttelte. Ich kannte ihn von der Haltestelle der Tunnelbahn her, wo er manchmal die Wartenden anspricht, immer mit derselben Frage: ob ihnen eine große rothaarige Frau, »wunderschön anzusehen«, begegnet wäre. Das sei seine Mutter, nur leider lebe sie nicht mehr.

Später telefonierte ich mit Malin. Es war jenes Gespräch, in dem sie ihr Erlebnis verschwieg. Dann kochte ich die Spaghetti und goss Tomatensauce aus der Dose darüber. Während ich aß, hörte ich draußen im Treppenhaus die Pfennigabsätze von Frau Armgart, meiner Nachbarin, hallen. Ich hatte schon darauf gewartet. Ich hörte, wie fast jeden Abend, wie sie die Tür nebenan aufschloss. Kaum eingetreten, streifte sie die Schuhe ab und schleuderte sie von sich, als ob sie sich in ihren vier Wänden von einer Sekunde zur anderen von einer kühlen, sehr zurechtgemachten Dame mittleren Alters in einen trotzigen Backfisch verwandelte.

Ich habe mit Frau Armgart noch nie mehr als ein flüchtiges Grußwort gewechselt, und auch das kommt nur selten vor. Trotzdem bedeutet mir Frau Armgart viel, in gewisser Weise mehr als mir Malin je bedeutet hat. Malin ist ein gutherziger Mensch, ohne Zweifel, aber sie ist auch eine unerträgliche Nervensäge. Ganz anders Frau Armgart. Alles an ihr ist besänftigend und irgendwie tröstlich. Ein Dasein ohne ihre Nachbarschaft kann ich mir kaum mehr vorstellen. Wenn draußen auf der Straße ein Möbelwagen hält, bekomme ich feuchte Hände. Jede Mieterhöhung versetzt mich in Panik. Denn was soll aus mir werden, wenn sie es eines Tages satt hat und auszieht? Wenn irgendeine Alltagsausgeburt sich in der Wohnung nebenan breit macht?

Doch solche Beunruhigungen legen sich schnell wieder. Sie sind vollkommen unbegründet. Wenn man der Menschheit im Allgemeinen auch nicht trauen sollte: Auf Frau Armgart kann ich mich verlassen. Ihr Auszug aus dem Haus wird nicht stattfinden.

Seit ich weiß, dass Frau Armgart in einem Bestattungsinstitut arbeitet, erscheint sie mir noch begehrenswerter. Abends beim Spazierengehen habe ich sie ein paar Mal beobachtet, wie sie den Laden unten am Drottningholmvägen abgeschlossen hat. In Stockholm gibt es ja eine ansehnliche, um nicht zu sagen, bestürzende Anzahl solcher Institute. Man könnte meinen, jeder Stockholmer besitze neun Leben, und jedes einzelne müsse mit hohem Aufwand zu Grabe getragen werden.

Nein, ich kann mir keine geeignetere Mitarbeiterin für ein Bestattungsunternehmen denken als Frau Armgart. Schon die Art, wie sie abends aus dem Laden tritt, nachdem sie dort das Licht gelöscht hat, wie sie den Schlüssel abzieht und in ihre kleine schwarze Handtasche steckt, ist ungeheuer Vertrauen erweckend. Es ist wie ein Ritual, für die Ewigkeit erlassen. Frau Armgart hat sehr zarte und gepflegte Hände, die zweifellos nur selten in den irdischen Schmutz greifen. Von ihnen berührt zu werden, muss eine außergewöhnliche Erfahrung sein. Mit unaufdringlichem Zartgefühl erledigt Frau Armgart ihre beruflichen Aufgaben, das ist selbstverständlich. Ihre Bluse ist hochgeschlossen und ganz undurchsichtig, ihre schwarzen Strümpfe signalisieren durchaus nichts anderes als diskretes immerwährendes Beileid und ihr Rock ist keinen Zentimeter zu kurz, damit die trauernden Klienten nicht etwa an die Leiblichkeit des Daseins erinnert werden. Nicht dass jemand auf den Gedanken käme, sich an Frau Armgarts Busen auszuweinen. Sie umgibt eine Einsamkeit, die ein wenig einschüchternd sein mag, die aber jedenfalls zu Fassung und Selbstbeherrschung aufruft.

Frau Armgarts wenigstens an den Abenden vollkommen unwandelbare Lebensweise gibt mir Halt und Sicherheit. Vielleicht sogar einen Anflug von Unsterblichkeit. Sie besänftigt mein Dasein wie niemand sonst, ausgenommen der Eisenzeitmensch draußen unter seinem Stein auf dem Spielplatz. Als Kind hätte ich die beiden bestimmt zusammengeführt, in der Phantasie. Frau Armgart wäre tagsüber unter dem Stein bei ihrem Mann gewesen; sie hätte ihm die Hand gehalten, damit er sich in der Dunkelheit dort unten nicht fürchtete. Sie hätten sich niemals angeödet, wie sonst die Eheleute: Wenn man aus verschiedenen Zeitaltern stammt, hat man sich genügend zu erzählen, bis ans Lebensende. Aber leider nur dann. Der Mann unter dem Stein wäre der einzige, dem ich sie gönnen würde. Denn ich bin Frau Armgart vollständig verfallen, in gewisser Weise. In der ermüdenden Vielfalt von großstädtischen Erscheinungen, denen ich Tag für Tag ausgesetzt bin, wenn ich nur vor die Tür trete, ist sie der Ruhepunkt.

Sie kommt nach Hause, schleudert die Schuhe von sich; möglicherweise ist das die einzige Formlosigkeit, die sie sich gestattet. Wer weiß, welche Veränderung in ihr, vielleicht sogar *an* ihr vorgeht, in diesem Augenblick. Dann höre ich eine Weile nichts: Vermutlich macht sie sich in der Küche zu schaffen, die auf der anderen Seite der Wohnung liegen muss. Ich nehme an, sie nimmt viel Salat und dergleichen zu sich. Dass sie sich Teile von totem Getier auf den Teller lädt, wie ich als gedankenloser und unempfindlicher Mensch das leider zu tun pflege, halte ich für äußerst unwahrscheinlich. Als Nächstes nimmt sie eine Dusche, mit der sie rechtzeitig vor dem Beginn der *Aktuellt*-Sendung um neun Uhr fertig ist. Nach den Nachrichten macht sie den Fernseher aus und schaltet das Radio ein, den Klassiksender. Ob sie liest, nachdenkt oder ganz darin aufgeht, die passende Kleidung für den nächsten Tag herzurichten, ist schwer zu entscheiden. Vielleicht starrt sie auf die Bäume hinaus, die sich reglos gegen den nie ganz dunklen Nachthimmel abheben, lauscht auf den Regen in den Blättern und das leise Rattern der Tunnelbahn, das die trostlose Weite der Vorstadtlandschaft ausmisst und in der Ferne den Mälarsee ahnen lässt.

Gegen elf Uhr wird es in der Wohnung still; das gelegentliche Knarren des Parketts, wenn Frau Armgart auf- und abgeht, hört auf. Nur eines ist rätselhaft: Genau um 23.40 Uhr klingelt dort drüben ein Wecker, jeden Abend. Es ist wahrscheinlich ein alter Reisewecker, er schnarrt mehr als dass er läutet. Nach ein paar Sekunden wird er ausgemacht, und die Stille breitet sich in der Nachbarwohnung wie ein Gas aus und drückt schwer gegen die Wand, die sie von meinem Zimmer trennt. Frau Armgart ist schlafen gegangen, um morgen ausgeruht zu sein für einen weiteren Tag, an dem sie mit stiller Diskretion ihre Arbeit an den letzten Dingen verrichten wird, und ich bemühe mich, sie nicht zu stören, völlig still zu sein, abiskostill. Zweifellos weiß sie meine Rücksichtnahme zu schätzen. Sie kann ihr nicht entgangen sein. Einen Nachbarn wie mich wird sie nirgendwo südlich von Abisko mehr finden, darüber ist sie sich im Klaren.

*

Die Spaghetti waren mir etwas zu weich geraten. Als ich fertig war, saß ich eine Weile gedankenlos vor dem Teller. Die Papierserviette, die ich benutzt hatte, lag auf dem Teller. Das weiche Papier sog den

Saucenrest auf. Es bildeten sich rotbraune Flecken, die sich rasch vergrößerten, gleichmäßig nach allen Seiten. Ich war völlig ausgefüllt von der stumpfsinnigen Faszination, in der man solche vollkommen gleichgültigen Vorgänge manchmal beobachtet.

Danach räumte ich meine Reisetasche aus, die noch immer mitten im Zimmer stand. In einer der Seitentaschen fand sich die Bahnfahrkarte und die Rechnung über sechs Übernachtungen, die mir Frau Holmquist ausgeschrieben hatte.

Ich sah es noch ganz deutlich vor mir, wie der Himmel immer höher wurde, nachdem der Zug Kiruna verlassen hatte. Es klarte auf. Über der braunen leblosen Waldfläche schienen blassblaue Berge auf, mit quecksilbrig glänzenden Schneeflächen.

Kurz nach dreizehn Uhr verlangsamte der Zug seine Fahrt. Ich nahm meinen Koffer aus dem Gepäcknetz und trat auf den Gang hinaus. Durch die Scheibe der Tür sah ich, wie ein Postsack aus dem inzwischen stehenden Zug geworfen wurde. Ein Mann von grotesker Größe und Breitschultrigkeit, die durch die Holzfällerjacke noch verstärkt werden mochte, fing den Sack auf.

Dann rollte der Zug weiter, langsam und wie unabsichtlich. Vor einem Ziegelgebäude kam er zum Stillstand. Es war sehr groß; zu groß für ein winziges Dorf, überlegte ich, aber vielleicht den Maßen des Burschen angepasst, der den Postsack aufgefangen hatte. Die Front mit dem Vordach und dem daran angebrachten Stationsschild lag in einem bleichen, schon an den Winter erinnernden Sonnenlicht.

Ich musste mich beeilen mit dem Aussteigen: Kein Zug hat Aufenthalt in Abisko. Der Schaffner warf heftig die Tür hinter mir zu, wie aus Wut, dass man nur wegen mir hier hatte halten müssen.

Hinter dem Bahnhofsgebäude, das von dort wie ein Lagerhaus aussieht, beginnt eine Schotterstraße. Die niedrigen Weißbirken, die die eine Seite der Straße säumen, werden bei Windstille von kaum einem Reisenden wahrgenommen. Kommt aber ein Wind auf, beginnen sie auf eine merkwürdige Weise über sich hinauszuwachsen. Für Momente kommt nichts anderes gegen ihre Gegenwärtigkeit an. Der Reisende, der sich inmitten der überschaubaren Geringfügigkeiten Abiskos gerade noch so sicher gefühlt hat, blickt sich um und stolpert dabei über einen Stein. Vielleicht wird ihm erst jetzt bewusst, wie überlegen er sich gefühlt hat und wie wenig diese Überlegenheit wert ist. Es rieselt, zischt und sirrt im Birkenlaub. Listig, abweisend, seufzend: wer wollte das entscheiden? In jedem Fall ist es besser, dachte ich, man setzt in Abisko seine Schritte so bedächtig, als sei man in einem Moor unterwegs.

Noch am Abend auf meinem Zimmer irritierte mich die Vorstellung, dass noch keine Wissenschaft sich mit der Vielfalt der Geräusche beschäftigt hat, die in der Bewegung, im Aneinandergeriebenwerden der Birkenblätter erzeugt werden. Dass noch niemals untersucht worden ist, ob es hier nicht etwas zu entziffern gäbe. Schwarze Löcher und Supernoven in den entferntesten Galaxien werden erforscht, dachte ich, dabei wissen wir noch nicht einmal das Geringste darüber, wie die Naturgegenstände miteinander kommunizieren.

Die Schotterstraße führt in einem großzügigen und vollkommen sinnlosen Bogen auf das Hotel zu. Autos fuhren hier nicht: Mitten auf der Straße stellte ich meinen Koffer ab und setzte mich darauf. Ich nahm einen Augenblick die Brille in die Hand und wischte mir mit dem Taschentuch die Stirn ab. Warum nicht einfach hier sitzen bleiben, ging es mir durch den Kopf. Ich stellte mir vor, dass die Welt nur immer zunimmt, schließlich zu etwas schier Unbewältigbarem anschwillt, je eiliger man sich in ihr bewegt. Dass, könnte man jegliche Bewegung einstellen, wie der Eisenzeitmensch unter dem Stein auf dem Spielplatz in Bromma, man selbst die Welt wäre. Jeden Menschen könnte man dann in sich selbst finden, gewissermaßen.

Eine Elster hüpfte vor mir über die Straße. Ganz in der Nähe lachten und kreischten Kinder; sie waren aber nicht zu sehen. Ich hatte das Gefühl, als ob mich ein Wasserlauf von diesen Kindern trennte. Oder aber ein Jahrhundert. Ich dachte daran, dass ich sonst um diese Zeit meist in einem Café saß, ein Baguette mit Kaffee hinunterspülte und dem Geschwätz von Gudmundson lauschte, über die Teegärten in Ankara oder die jungen Frauen in Lissabon, oder über die wunderbare Rettung eines Goldhamsters, über die im *Aftonbladet*, wahrscheinlich sogar mit einem Farbfoto, berichtet worden war. Es wurde mir jetzt erst recht bewusst, dass ich niemandem von meiner Reise nach Abisko etwas gesagt hatte: Ich war also auf ganz ähnliche Weise verschwunden, wie Malin in Xenias Phantasie verschwunden gewesen war. Nur dass Xenia mein Verschwinden kaum mit schwermütigen Gedanken über die passende Beerdigungsgarderobe begleiten würde.

Auf der Veranda des Hotels war eine Frau mittleren Alters mit dem Umtopfen von Pflanzen beschäftigt. In bootartigen, rotgefärbten Filzpantoffeln stand sie auf dem Bretterboden, der übersät war mit feuchten Erdklumpen. Sie hob nur kurz den Blick, als sie meine Schritte im Kies des Vorplatzes hörte. Dabei brach sich das Sonnenlicht in ihren dicken Brillengläsern und blendete mich einen Moment lang.

»Der Herr, der ein Doppelzimmer bestellt hat«, sagte sie seufzend. Ich konnte da noch nicht wissen, dass Frau Holmquist oft ohne jeden Anlass schwere, scheinbar von Herzen kommende Seufzer ausstößt. Ich war deshalb ein wenig besorgt und erkundigte mich, ob mit meiner Reservierung etwas schiefgelaufen sei.

»Gar nichts, junger Mann«, sagte Frau Holmquist. »Sie müssen sich nur ein wenig gedulden. Die Pflanzen hier fordern ihr Recht, wissen Sie.«

Ich senkte den Kopf und wartete, den Koffer in der Hand. Frau Holmquist kniete jetzt auf dem Bretterboden. Durch das dauergewellte Haar schimmerte weiß die Kopfhaut hindurch. Ihre Hände waren rot; ich stellte sie mir eisig kalt vor.

Ich fragte sie, ob noch viele Gäste da seien. Frau Holmquist lachte geduldig, das Kinn gegen die Brust gepresst.

»Aber nein«, sagte sie. »Ganze zwei. Übermorgen kann es schneien. Wer weiß das schon?«

Nach ein paar Minuten führte mich Frau Holmquist ins Haus. Beim Eintreten in das halbdunkle Foyer fuhr ich vor Schreck zusammen: Die Teppiche, die dort liegen, sind so dick, dass ich glaubte, auf etwas Lebendiges getreten zu sein.

In meinem Zimmer stellte ich den Koffer neben das Bett und schloss die Tür. Ein paar Minuten lang stand ich reglos da und lauschte. Es war vollkommen still, im Haus wie draußen.

Das Fenster ging auf den Vorplatz hinaus, über den ich gekommen war. Der Platz ist in einem Halbkreis von Birken umstanden. Anders als bei den kleinen Bäumen an der Schotterstraße, die ihr Laub noch nicht abgeworfen hatten, hingen hier an den Zweigen nur noch wenige Blätter. Man hätte sie zählen können, wenn man nur gewollt hätte. Für einige Zeit verfing sich mein Blick in dem nackten Gezweig, das besessen akribisch mit einer haarfeinen Tuschfeder in den Himmel eingezeichnet zu sein schien. Es war diese nie zu erreichende, trostlose Genauigkeit, die ich als Kind immer an meine Zeichnungen zu wenden versucht habe und die sich dann doch in diesen Zeichnungen nie hat verwirklichen lassen. Immer stand ich am Ende mit leeren Händen da, ohne Ähnlichkeit.

Am Himmel stand hohes weißes Gewölk. Darunter zogen sehr rasch graublaue Wolkenbänke von den norwegischen Bergen her in Richtung Osten.

*

Später legte ich mich aufs Bett, schaltete den Fernseher an und zappte alle Programme durch, ganz leise, um nicht etwa Frau Armgart aufzuwecken. Es war schon so spät, dass die Werbeblöcke im Privatfernsehen fast nur noch aus Spots für Telefonsex bestanden: Frauen mit überdimensionierten Brüsten rekelten sich auf Sofas oder wiegten sich zu Tanzmusik oder schürzten ihre bemalten Lippen dicht vor der Kamera. Im nächsten Augenblick rannte ein maskierter Mann mit einer Maschinenpistole in den Schalterraum einer Bank. Ich schaltete um. Auf dem nächsten Kanal saß Al Bundy, der elende Schuhverkäufer, auf seinem Sofa, die Hand im Bund seiner Hose vergraben. Warum willst du dauernd Sex, fragte er verzweifelt seine Frau, können wir nicht einfach Freunde sein?

Die Menge von unzusammenhängenden Bildern,

Gestalten, Bewegungsabläufen, die vor mir aufleuchteten und wieder verschwanden, schien die Zeit aufzusaugen: Eineinhalb Stunden waren plötzlich vergangen, ohne dass in mir irgendein Gefühl für das Verfließen dieser Zeit vorhanden gewesen wäre.

Ich kann auch noch erzählen, was ich anschließend geträumt habe. Es waren Nachbilder von Venedig, die in einem Trailer für einen Krimi zu sehen gewesen waren. Eine Zeile halbverfallener Palazzi, mit rötlichen, rostartigen Flecken übersät, die rasch größer wurden, glitt an mir vorüber. Dann trieb ich in einer Gondel über die Lagune, bekleidet nur mit Malins Bademantel, dem mit den aufgedruckten Fischen. Ich war allein; nur eine riesige schwarze Katze lag schlafend oder tot auf der Ruderbank gegenüber. In einem blassrosa Nebelhimmel schwamm unbestimmt eine orangefarbene Sonne, ohne Strahlenkranz. Schließlich stand ich am Strand des Lido. Das Hôtel des Bains lag verödet vor mir, überall waren die Fensterläden verschlossen. Die großen, von schwarzem Laub schweren Bäume davor wanden sich lautlos wie in heftigen Böen. Dabei herrschte Windstille; das Meer hatte sich weit zurückgezogen zu einem schmalen Streifen, der an das spaltweit offene Auge eines Schläfers erinnerte. Dann ertönte ein fernes Läuten; die Katze mir gegenüber war mit einem Satz auf den Beinen und leuchtete mir mit ihren grünen Augen ins Gesicht.

Ich wachte auf. Kein Zweifel, es hatte wirklich an

der Tür geklingelt. Ich warf einen Blick auf die Weckuhr: es war viertel vor zwei. Wer um alles in der Welt konnte das sein? Gut, es gab die Möglichkeit, dass jemand die Klingel mit dem Schalter für das Licht im Flur verwechselt hatte. Das war noch nie vorgekommen, aber es konnte leicht passieren. Vor allem wenn man nicht ganz nüchtern war, und in einem Haus mit lauter Einzimmerwohnungen gibt es viele Leute, die gute Gründe haben, nicht auf Nüchternheit zu halten. Aber es konnte ebenso gut Frau Armgart sein, die meine Hilfe benötigte, in einer außergewöhnlichen Notlage. Dieser Gedanke elektrisierte mich, und ich sprang aus dem Bett. In diesem Augenblick läutete es wieder. Ich schlüpfte in meine Hose und ging an die Tür.

Draußen stand ein schmächtiges, vor Nässe triefendes Wesen, die Arme vor der Brust gekreuzt. Neben diesem Wesen stand beunruhigenderweise eine Reisetasche.

»Sie wünschen?«, sagte ich. Eine etwas unpassende Äußerung in diesem Augenblick, das spürte ich selbst, doch mir war nichts anderes eingefallen.

»Gott sei Dank! Du bist doch zu Hause! Ich hätte wirklich nicht mehr weiter gewusst, wenn niemand aufgemacht hätte.«

Es war eine helle Mädchenstimme, und sie gehörte Emma. Und Emma war die Tochter von Frau Holmquist aus dem Hotel in Abisko.

»Wo kommst du denn her, um diese Zeit?«

Selbstverständlich war ich überrascht. Aber ich war doch nicht so aus der Fassung gebracht, als dass ich meine Stimme nicht gesenkt hätte: Kein unerwarteter Besuch rechtfertigt es, Frau Armgarts Nachtschlaf zu stören.

Was hatte ich schon für eine Wahl? Es schüttete heftig, und Windböen drückten den Regen in Schwällen gegen die Fenster. Als Emma unter der Deckenlampe stand, bemerkte ich, dass sie vor Kälte zitterte. Ich setzte meine Brille auf und sah sie an. Offenbar hatte sie sich die Augen geschminkt, denn über ihre Wangen verteilte sich ein hellgrünes, verschmiertes Rinnsal.

»Kann ich duschen? Ich friere so.«

Sie hatte nur ein kurzes, phosphorgrünes Sommerkleid an, darüber eine graue Strickjacke, die vor Nässe ganz filzig geworden war.

»Duschen, um diese Zeit? Wie stellst du dir das vor? Wir wecken das ganze Haus auf.«

Das Haus war mir gleichgültig, doch der Gedanke, Frau Armgart den Schlaf und damit auch den Glauben in mich zu rauben, versetzte mich in einen Zustand trauriger Panik.

»Also gut«, sagte ich. »Vielleicht kannst du auf diese Weise noch einmal der Lungenentzündung entgehen. Ich mache dir inzwischen eine Tasse heißen Tee.«

Ich werde Frau Armgart einen Brief schreiben, überlegte ich, während ich den Wasserkessel aufsetzte. *Liebe Frau Armgart, ich bin untröstlich, Ihre Nachtruhe gestört zu haben, und ich darf Ihnen versichern, dass nur außergewöhnliche Umstände mich einen derartigen Akt der Rücksichtslosigkeit vollführen lassen konnten …*

Eine Viertelstunde später saß Emma mir gegenüber, in einem Hemd von mir, das um einiges länger war als das Kleid, in dem sie vom Bahnhof hierher gewandert war – ein Weg von mindestens zehn Kilometern. Wenn man den Weg nicht kannte, war es natürlich noch bedeutend weiter. Sie musste Stunden bei diesem Wetter unterwegs gewesen sein.

»Wenn du schon auf dem kürzesten Weg ausgerechnet zu mir wolltest, was du mir im übrigen noch erklären musst, warum hast du nicht den Nachtbus genommen? Bis Alvik hättest du auch noch die Tunnelbahn nehmen können.«

»Alvik? Nachtbus? Ach verdammt. Wo kann ich hier schlafen?«

*

Ich lag dann noch lange wach und achtete darauf, dass Emmas Atemzüge, die vom anderen Ende des Zimmers herüberdrangen wie in Abisko die nächtlichen Windstöße in den Birken, nichts an Tiefe und Gleichmäßigkeit verlören.

Wenn man den Speisesaal des Hotels von Abisko zum ersten Mal betritt, bleibt man zuerst erstaunt an der Tür stehen. Vor allem, wenn es ein klarer, sonniger Morgen ist. Durch die Panoramafenster auf der linken Seite sah ich die glatte, dunkelblaue Fläche des Sees. Das Ufer wird von Gebüsch gesäumt, in den arktisch traurigen Gelb-, Braun- und Grautönen des Herbstes. Man sieht aus einigen Metern Höhe auf den See und das Ufer hinunter, weil der Anbau des Hotels mit dem Speisesaal am Rand eines Steilhangs steht. Auf der anderen Seite des Sees zieht sich eine taubengraue Bergkette dahin, die oben schon tief verschneit war.

Der in der Morgensonne strahlende Schnee ließ den Himmel unwirklich dunkel erscheinen. Ich fühlte mich wie auf einen fernen Planeten versetzt, der gar keinen Himmel hat, sondern über dem gleich der Weltraum beginnt. Man stellt sich vor, dass man bei längerem Hinaufschauen die Sterne erkennen müsste, einen nach dem anderen, und jeder, den man erspäht hat, lässt sich dann auch gar nicht mehr wegdenken.

In der Weite des sonst ganz leeren Saales saß an einem Tisch in der Mitte eine zwergenhafte Gestalt. Die Tür war hinter mir lauter ins Schloss gefallen als beabsichtigt: so früh am Morgen gleitet mir alles so leicht aus den Händen. Als Frau Fries mich erkannt hatte, winkte sie mich herbei und klopfte ungeduldig mit dem Messergriff auf den Tisch. Ich hätte mich lieber ans Fenster gesetzt und beim Frühstück den Blick auf den See genossen, aber ich konnte schwerlich so tun, als hätte ich die alte Dame nicht bemerkt.

»In Ihrem Alter war ich bedeutend früher auf den Beinen, junger Mann«, begrüßte sie mich. »Immer im Rhythmus der Natur, wissen Sie. Aber ich will Ihnen dennoch einen guten Morgen wünschen.«

Dafür dankte ich so freundlich, wie es ging.

Ich schlafe gern lange, und ich habe noch selten das Gefühl gehabt, dadurch etwas zu versäumen. Und es war ja auch noch früh.

»Das nennen Sie früh!«, erwiderte Frau Fries mit vor Empörung funkelnden Augen.

Nach ein paar Minuten kam Emma aus der Küche mit einer Kanne Kaffee. Sie trug ein antiquiertes, ihr zudem noch viel zu großes Servierkleid mit einer runden Schürze, wie die Dienstmädchen in den alten englischen Filmen.

»Ist sie nicht ein hübsches Kind geworden, Frau Holmquists Tochter?«, sagte Frau Fries und zwinkerte mir vielsagend zu. »Nächstes Jahr schließt sie die Schule ab. Nicht wahr, Emma, bald hast du die Schule hinter dich gebracht.«

Emma gab keine Antwort. Sie war nicht in die Küche zurückgegangen, sondern stand jetzt vor dem Panoramafenster, als halte sie nach jemandem Ausschau.

Frau Fries lehnte sich zurück und ließ mit faltigem Lächeln den Blick über Emmas Gestalt schweifen.

»Ja, so ist das«, seufzte sie. »Die kleine Emma. Gerade fünfzehn Jahre ist es her, da lag sie noch draußen auf der Terrasse in ihrer rotgeblümten Wiege, und heute verdreht sie mit ihren blauen Augen und ihren schönen Beinen den Gästen den Kopf. Stellen Sie sich vor, sie wäre Ihre Tochter. Da hätten Sie allmählich Grund zur Unruhe. Sie wissen ja, wie die jungen Mädchen heute sind.«

Als Emma wieder in der Küche verschwunden war, fragte ich Frau Fries, warum sie die Kleine so in Verlegenheit gebracht habe. Frau Fries strich sich mit der von braunen Altersflecken übersäten Hand die weißen Locken aus der Stirn. Mir kam diese Geste kokett vor, oder höhnisch, als sollte sie die Eitelkeit einer jungen Frau karikieren.

»Verlegen?«, entgegnete sie und lächelte sanft. »Emma? War sie das? Ist mir gar nicht aufgefallen. Nein, so schamhaft ist die Kleine nicht, seien Sie ganz unbesorgt.«

Zu meiner Erleichterung brach die Alte dann endlich auf, um sich auf ihre allmorgendliche Suche nach dem Gestein zu machen, das ihr irgendwann das Geheimnis der Naturzusammenhänge erschließen würde.

Nach einiger Zeit kam Emma zurück und setzte sich mir gegenüber. Das alberne Servierkleid hatte sie gegen Jeans und einen weiten Pullover vertauscht. Sie blickte sich verstohlen nach der Küchentür um und zündete sich dann eine Zigarette an. So still war es nun, dass man hören konnte, wie sich die Glut in den Tabak fraß.

»Sie ist eine Hexe. Ein altes Trollweib. Sie kommt schon seit hundert Jahren hierher. Jeden Herbst. Ich hasse sie. Alles, was sie sagt, ist gelogen«, sagte sie und blies den Rauch durch die Nase. »Schon als Kind habe ich mich vor ihr gefürchtet. Damals war sie schon genauso alt wie heute. Wenn sie kam, wurde es immer kalt.«

»Man könnte wirklich meinen, ein Jahrzehnt ist für sie wie ein Tag«, sagte ich.

»Ich möchte nicht so alt werden«, zischte Emma. »So alt und böse. Eher würde ich mich umbringen.«

Dann standen wir vor dem Fenster und sahen auf die Landstraße hinunter. Der Asphalt war feucht, das Blau des Himmels schien darauf wider: Vielleicht hatte in der Nacht oder am frühen Morgen Nebel geherrscht.

»Schau, da kommt sie«, flüsterte Emma, als könnte Frau Fries sie hören, und deutete mit dem Zeigefinger auf die Straße hinunter. Die Hände in die Hüften gestemmt, trat Frau Fries auf die Fahrbahn. Sie hatte einen runden Hut auf, der wie ein Tropenhelm aussah. Um den Bauch hatte sie eine Botanisiertrommel geschnallt. Jetzt stemmte sie den linken Fuß gegen die Leitplanke, um sich den Wanderstiefel zu schnüren. Dann machte sie ein paar Schritte, blieb wie unschlüssig wieder stehen und schaute auf den See hinaus. Obwohl sie im Schatten stand, beschirmte sie doch die Augen mit der linken Hand. Sie sah zu der langgestreckten Halbinsel hinüber, deren Vegetation, wie die am Ufer, aus abgestorbenem Gestrüpp bestand. Es kam mir so vor, als seien die Büsche erst unter den Blicken von Frau Fries braun geworden, als ob sie alles um sich her verödete und ihm den Lebenssaft entzog.

»Siehst du, wo sie ist, verdorrt und versteinert alles«, sagte Emma.

»Was redest du denn da«, sagte ich. »Du bist doch kein Kind mehr.«

3

»Ich habe sehr gut geschlafen in deinem Schlafsack«, teilte mir Emma am nächsten Tag beim Frühstück mit, »obwohl dieses Teil ja etwas seltsam riecht.«

»Wenn du ein paar Jahre in einem nicht ganz trockenen Keller gelegen hättest, würdest du auch seltsam riechen.«

Ich war schlecht gelaunt, und überdies pochte es schmerzhaft in meinem linken Knie: Ich war über einen von Emmas Schuhen gestolpert und hatte mich empfindlich an der offenstehenden Schranktür gestoßen.

»Du wohnst ja fast wie auf dem Land hier«, sagte sie und wies mit dem Kinn in die Richtung des Fensters. Die Sonne schien, und im Gras, das vor Nässe noch funkelte, hatten sich wie auf Bestellung zwei Rehe niedergelassen und sahen reglos vor sich hin, jedes in eine andere Richtung, wie nach einem Streit. So nahe waren sie uns, dass man einem von ihnen einen Grashalm aus dem Maul hängen sah.

»Du kannst hier nicht bleiben«, sagte ich.

»Nur ein paar Tage. Ich störe dich doch nicht.

Heute Abend koche ich etwas für dich. Abgemacht?«

»Ich will nichts gekocht haben. Ich habe keinen Platz, das siehst du doch selbst. Und außerdem muss ich arbeiten.«

»Du hast doch auch bei uns in Abisko gewohnt.«

»Was ist das für eine Logik? Schließlich seid ihr ein Hotel.«

»Was heißt hier Logik? Ich bin kein Hotel.«

Allmählich dämmerte mir, in was ich da hineingeraten war. Sie können so ein Mädchen vom Lande nämlich nicht einfach vor die Tür setzen. Nicht in einer Stadt wie Stockholm, auch wenn es so schlimm noch nicht ist, wie die Sjöwall-Wahlöö-Krimis befürchten lassen. Man liest trotzdem die unglaublichsten Dinge. Und schließlich konnte ich sie auch schlecht an den Haaren auf den Flur hinausziehen und dann die Wohnungstür verriegeln. Außerdem war sie nicht irgendjemand. Sie war die Tochter von Frau Holmquist. Und sie kam aus Abisko. Und damit aus einer anderen Welt, auch wenn man es ihr nicht ansah.

»Du bist von zu Hause abgehauen?«

»So würde ich das nicht nennen.«

»Wie würdest du es denn nennen?«

»Ich habe mich beurlaubt. Und bevor Frau Fries nicht abreist, gehe ich nicht zurück. Das wird in einer Woche sein, wie jedes Jahr.«

»Eine Woche lang kann ich dich hier auf keinen

Fall gebrauchen. Wie stellst du dir das vor? Heute Nacht kannst du noch hierbleiben. Morgen werde ich dich in der Jugendherberge abliefern, und wenn dich nicht vorher die Polizei aufgreift und zurückschickt, kannst du meinetwegen dort auf die Abreise von Frau Fries warten. Das geht mich nichts an.«

»Ein kleines Problem gibt es da aber noch. Ich habe nämlich kein Geld mehr.«

*

Eine halbe Stunde später saßen Emma und ich in der Tunnelbahn zum Zentrum. Ich hatte mich entschlossen, einen Tag frei zu nehmen. Schließlich war der Tag ohnehin völlig aus dem Ruder gelaufen, schon von dem Augenblick an, wo ich von Emmas lautstarkem Geträller in der Küche aufgewacht war.

Auf dem Södermalmstorg vor der Station Slussen trat ein übertrieben südländisch aussehender Blumenverkäufer vor Emma und überreichte ihr eine Rose, die linke Hand theatralisch aufs Herz gepresst. Emma machte einen Kleinmädchenknicks und sagte dann zu mir:

»Siehst du, man kann einer jungen Dame auch ganz anders begegnen, als du es tust.«

»Das kann man allerdings«, gab ich freundlich zur Anwort.

Der Morgen war vollkommen wolkenlos, und wir nahmen das Boot nach Djurgården, auf dem so früh am Tag außer uns nur zwei oder drei junge Mütter mit Kinderwagen unterwegs waren.

Die Altstadtinsel wich rasch vor uns zurück, balancierte mit ihren steilen Dächern und ihren Kirchtürmen immer höher auf dem Wasserwall, der in der noch schrägen Sonne gleißte und schmerzhaft weiße Funken versprühte. Emma deutete auf zwei Kajakfahrer, die in einer für mich unfassbaren Geschwindigkeit in Richtung Södermalm paddelten.

»Wie zwei Zeichentrickfiguren«, lachte sie. »Und du erinnerst mich auch an eine Zeichentrickfigur. Weißt du an welche?«

Ich wusste es nicht.

»An Mr. Magoo natürlich. Du weißt schon, das ist der, der immer völlig blind durch die Welt läuft, alles umstößt, ohne es zu merken, und am Schluss dann doch immer alles richtig gemacht hat.«

»Du erinnerst mich auch an jemanden«, sagte ich, aber ich führte meinen Gedanken nicht zu Ende, und Emma schien es nicht im geringsten zu interessieren, wem sie ähnelte.

Als das Boot um die Spitze von Kastellholmen herumfuhr, erzählte ich Emma, dass das einer meiner Lieblingsplätze sei. Der Sonntagnachmittag, an dem Malin und ich dort von dem Gewitterregen überrascht worden waren, kam mir jetzt ganz fern vor, wie aus einem anderen Leben. Ich rechnete nach, und stellte verblüfft fest, dass das gerade erst zwei Tage her war. Vorgestern also.

Ich blickte auf den Ziegelturm des Kastells, auf die Granitbuckel darunter, auf denen ein paar Möwen die Menschenleere genossen. Vor allem in den Vormittagsstunden erinnert mich die Insel mit ihrem leuchtenden Gras und den darüber hinweg taumelnden Kohlweißlingen, den dunklen Laubwänden, den wettergrauen Holzzäunen und den wie im Schlaf leise schwankenden Booten an eine Kindheit, die so weit zurückliegt, dass ich nicht mehr sicher sagen kann, ob es meine eigene ist.

»Einer deiner Lieblingsplätze, sagst du? Aber hier ist doch vor kurzem dieser Mord passiert. Hab ich im Fernsehen gesehen.«

»Ein Mord? Das ist mir neu. Auf Kastellholmen passieren keine Morde. Du hast eine blühende Phantasie, das ist alles.«

»Ja, kann sein«, sagte Emma leichthin und hob eine Rassel auf, die gerade in hohem Bogen aus einem Kinderwagen neben uns geflogen war.

»Warum hast du eigentlich keine Kinder?«, fragte sie plötzlich.

Weil mich das Leben niemals ausreichend überzeugt hat, um es auch noch mutwillig zu perpetuieren und es anderen aufzuhalsen, wäre die ehrliche Antwort gewesen. Aber das konnte ich Emma schlecht so unterbreiten. Also sagte ich:

»Das hätte mir gerade noch gefehlt. Das Chaos in meiner Wohnung noch zusätzlich erfüllt von kleinen Ungeheuern, die meine Manuskripte in feine

Streifen zerreissen und unter einstürzenden Bücherstapeln verschüttet werden.«

»Das sagst du doch nur so«, erwiderte sie mit einem beinahe wütenden Gesichtsausdruck. »Einen Vater wie dich habe ich mir immer gewünscht.«

Zum Glück war das Boot in diesem Augenblick vor Gröna Lunds Tivoli angekommen, und die Absperrung öffnete sich vor uns.

Ich muss zugeben, es war mir dann ein wenig unangenehm, mit Emma im Strandcafé am Yachthafen zu sitzen. Ich glaubte die Blicke von den Nachbartischen deutlich zu spüren. Dort dachten die Leute darüber nach, was da wohl für ein Verhältnis bestehen mochte zwischen dem kleinen Mädchen und dem Dicken. Schließlich bin ich doch eine Spur zu jung, um Emmas Vater sein zu können, ansonsten aber womöglich doch etwas zu alt für sie, dachte ich zuerst. Das war es, was die Leute beschäftigte. Statt dass sie sich einmal ihre eigenen Verhältnisse vornehmen würden! Dann begann ich nachzurechnen und stellte fest, dass ich ganz leicht Emmas Vater hätte sein können. Und die Leute, wenn sie tatsächlich herüberschauten, beneideten mich womöglich um eine Tochter, die wohlerzogenerweise ihren alten Herrn auf Djurgården auslüftete …

Emma bemerkte das nicht, oder es war ihr gleichgültig. Ich glaube, für sie sind die anderen Menschen überhaupt nur in solchen Momenten gegenwärtig, in denen sie etwas Komisches an ihnen entdeckt:

einen Kugelbauch, zwei verschiedene Strümpfe, eine künstliche Lockenpracht über einem erloschenen Gesicht oder irgend so etwas.

Manchmal nahm sie mein Gesicht in beide Hände und drehte es in die Richtung, wo es etwas zu sehen gab: einen in seinem Lauf plötzlich innehaltenden und misstrauisch zu uns herüber äugenden Hasen, eine am Ufer entlangschwebende Libelle, oder wie jemand gerade sein Bier über das Kleid seiner Frau geschüttet hatte. Wenn sie lachte, und sie lachte fast in einem fort, sah ich ihre kleinen weißen Zähne zwischen den halb geöffneten Lippen. Auf dem Nasenrücken hatte sie ein paar Sommersprossen.

Als wir später über den Sergels Torg gingen, stimmte sie lauthals in den frommen, wehleidigen Gesang der Frau von der Heilsarmee ein, die dort mit ihrer Drehorgel und ihrer Sammelbüchse stand. Dabei traten ihr Tränen in die Augen und verschmierten den Lidschatten, und sie sang immer noch, voll Inbrunst und von gelegentlichen Schluchzern unterbrochen, als wir im Bahnhof am Fahrkartenschalter standen und eine Fahrkarte nach Abisko kauften, noch ohne die Reservierung.

*

Die folgende Nacht verbrachte ich dann bei Malin – zum letzten Mal, aber das konnte ich da natürlich noch nicht wissen.

Als ich in ihre Wohnung kam, war niemand da. Ich rückte mir einen Stuhl an das Schlafzimmerfenster, sah auf die durch die Abendsonne geisternden Passanten hinunter, die jetzt noch viel zahlreicher waren als morgens, und dachte nach. Ich war mir plötzlich nicht mehr so sicher, ob es richtig gewesen war, Emma den Schlüssel zu meiner Wohnung zu geben. Sie konnte alles durcheinanderbringen. Oder, noch schlimmer, die Nachbarn auf den Plan rufen. Oder, am allerschlimmsten, Frau Armgart stören, zum Beispiel, indem sie – wie des öfteren in Abisko – das MTV-Programm ohrenbetäubend aufdrehte. Wenn sie überhaupt nach Bromma gefahren war. Hätte ich nicht Frau Holmquist in Abisko anrufen müssen, oder sogar die Polizei? Wahrscheinlich hatte ich mich schon strafbar gemacht, indem ich Emma bei mir Unterschlupf gewährte. Ich schrak förmlich zusammen, als ich unten an der Ampel zwei Streifenpolizisten sah, die sich nach allen Seiten umsahen, als witterten sie in der Nähe einen Übeltäter.

Malin hatte zum Glück Abenddienst und kam erst spät nach Hause. Sie war müde und ging sofort ins Bett. Ich saß noch lange in ihrem Wohnzimmer und blätterte in zwei Bänden über Lappland, die ich in ihrem beschämend schmalen Bücherregal gefunden hatte.

Das eine war ein schon in Auflösung befindliches Büchlein mit samischen Sagen. Eine dieser Sagen erzählte vom Ursprung der Menschen. Die Skoltlappen stellten sich den ersten Menschen, so wie Gott ihn geschaffen hat, als eine sanft leuchtende Kugel vor, die schwerelos über den Wipfeln schwebte. Nur in einem einzigen Exemplar gab es diesen Menschen, und er hätte für immer in unantastbarer Singularität existiert, wenn der Teufel ihn nicht eines Nachts auf den Boden herabgeholt hätte, den Erdboden, mit dem der Mensch eigentlich niemals etwas zu tun haben sollte, den Boden der Tatsachen. Dann schnitt der Teufel den Menschen in zwei Teile, in eine männliche und in eine weibliche Hälfte. Er pfuschte an diesen beiden Menschenhälften herum, so dass sie so hässlich und ungelenk wurden, wie die Menschen heute eben sind. Er machte sie platt und geduckt. Er versah sie mit Sterblichkeit und dazu noch mit dem Wissen darum. In ihrem Inneren schuf er einen Bauch, damit sie Hunger und Durst zu spüren bekämen. Der Teufel schaffte es dann freilich nicht, noch mehr Unfug anzurichten und die beiden Menschenhälften noch mehr zu verunstalten. Denn es wurde Tag, und Gott erschien wieder an seinem Arbeitsplatz, jener trostlosen Baustelle, die man Wirklichkeit nennt. Was wir heute vorstellen, ist also das, was Gott notdürftig wieder ins Lot bringen konnte, was eben noch zu machen war aus dem, was in der Gewalt der Finsternis seine ehemalige Vollkommenheit unwiderruflich verloren hat.

Das andere Buch war eine Lapplandbeschreibung von Ernst Manker. Es enthielt Bilder des samischen

Malers Nils Nilsson Skum, der offenbar alles, was er malte, winzig klein in riesige, gestaltlose Eisräume stellte. Wie jemand, der gar nicht dazugehört und alles aus gleichgültigen Entfernungen ansieht, wie die Leute in den Observatorien, die die Oberfläche des Mars nach möglichen Lebensspuren absuchen.

Ich lag noch lange wach an diesem Abend.

Am Abend meines ersten Tages in Abisko stand ich lange unter der Dusche. Diese war zusammen mit einem Saunaraum im Keller des Hotels gelegen. Über die Kabinenwand hinweg konnte ich durch ein Oberlicht rosa- und orangefarbene Abendwolken sehen, vor denen Kraniche vorbeizogen. Ein wenig machte mir die Stille Angst, die mich wieder einschließen würde, sobald ich den Duschhahn zudrehte.

Später machte ich mich auf, Malin anzurufen. Auf dem Münzfernsprecher unten im Foyer war ein kariertes Blatt mit der Aufschrift OUT OF ORDER angebracht. Ich überlegte einen Augenblick, Frau Holmquist zu bitten, ob ich bei ihr telefonieren dürfe. Obwohl vielleicht nichts dabei gewesen wäre, hatte ich das unbestimmte Gefühl, als ob ich damit zu weit gehen würde. Aus dem Aufenthaltsraum kamen laute amerikanische Fernsehstimmen und dann das unverwechselbare Klingeln eines amerikanischen Krimitelefons. Im Vorbeigehen sah ich durch den Türspalt ein paar Füße in nicht ganz sauberen Tennissocken auf dem Tisch gekreuzt. Ich knöpfte gegen die Nachtkälte mein Jackett zu und trat aus dem Haus.

Die Nacht war überall mit Bäumen durchsetzt. Mit dem Einbruch der Dunkelheit war ein schneidender Wind aufgekommen. Hatte es tagsüber nach dem überall vermodernden Laub gerochen, so lag jetzt ein metallischer Geruch in der Luft, wie von nahendem Schnee. Die Schotterstraße mit den jungen Birken lag im Dunklen; nur vorne um das Bahnhofsgebäude herum gab es ein paar Laternen. Sie schienen sehr hell und erleuchteten doch nur einen kleinen Umkreis. Als zöge sich das Licht vor Kälte zusammen, dachte ich, während ich auf dem Schotter vorsichtig einen Fuß vor den anderen setzte.

Ich rief in der Klinik an. Xenia war am Apparat. Im Hintergrund hörte ich die Stimmen von anderen Schwestern, dazu ein Klappern wie von Tellern oder Kaffeetassen.

»Wo steckst du denn?«, fragte sie. »Malin versucht seit gestern Abend, dich zu erreichen. Sie macht sich Sorgen.«

Xenias Stimme verwandelte das dunkle Dorf, den eisigen, aber doch fast lautlosen Wind, die ringsum sich unaufhaltsam ausdehnende Waldlandschaft von einem Augenblick zum anderen in etwas ganz und gar Unwahrscheinliches: wie wenn im Kino versehentlich das Licht angeht und die Wirklichkeit auf der Leinwand mit einem Mal nurmehr ein fahles Lichtspiel ist. Ich fühlte mich schon im Voraus auf die gewohnte kritische und etwas geringschätzige Weise von Xenias blauen Augen gemustert, als ich sagte:

»Gestern Abend bin ich schon im Zug gesessen. Ich bin in Abisko.«

Ich schaute, während ich das sagte, auf den Bahnsteig hinaus. Eine defekte Neonröhre flackerte, und mir fiel ein, wie ich einmal als Kind ein solches Flackern draußen vor meinem Fenster voller Angst und doch fasziniert eine halbe Nacht lang angestarrt hatte: Es war mir so vorgekommen, als müsse sich alles, was in diesen konvulsivisch zuckenden Schein getaucht war, lautlos auflösen.

Ich hatte nicht registriert, was Xenia geantwortet hatte. Ich sagte:

»Ich kann es dir jetzt nicht erklären, warum ich hier bin. Und dann ist es ja auch meine Sache.«

Ich legte auf und wählte eine andere Nummer in Stockholm: meine eigene. In meinem Kopf verwandelte sich das Freizeichen in das heisere Schnarren meines alten beigefarbenen Telefons, das an der Wand über dem Schreibtisch angebracht ist. In der Dunkelheit wirkte das Klingeln lauter, als es war. Das Aggregat des Kühlschranks begann zu surren. Auf dem Treppenhaus hallten die Absätze von Frau Armgart, denn es war genau die Zeit, zu der sie nach Hause kam. Sie schließt die Tür auf, streift sich die Schuhe von den Füßen und schleudert sie von sich. Bald wird sie den Duschhahn aufdrehen. Von Drottningholmvägen steigt ein dunstiges, diffuses Nachtlicht auf, legt einen schwachen Glanz über den Grabstein draußen auf dem Spielplatz und bricht sich endlich, kaum mehr wahrnehmbar, an den Fensterscheiben meines Zimmers. Niemand steht dort, der versuchte, die Dunkelheit zwischen den Bäumen zu durchdringen. Weit im Osten erstreckt sich die Lichterstadt, wirft einen bräunlichen Widerschein an die Wolkendecke. Wenn man sich weit aus dem Küchenfenster lehnt, kann man das *Expressen*-Hochhaus auf Kungsholmen erkennen.

*

Am nächsten Morgen stand ich gleichzeitig mit Malin auf. Sie lehnte in ihrem langen weißen Nachthemd mit dem Rüschenkragen am Fenster in der Küche und rauchte eine Zigarette. Ihr Gesicht hatte so kurz nach dem Aufwachen immer noch etwas Unklares und Verschwommenes, wie die Gesichter in der Erinnerung oder auf den Aufnahmen der Überwachungskameras. Sie gefiel mir so, vielleicht wegen dieser Spur von Fremdheit in ihren Zügen.

»Ich hatte einen seltsamen Traum«, sagte sie. »Ich bin nachmittags aus dem Umkleideraum in der Klinik gekommen. Es hängt vielleicht damit zusammen, dass es dort kein Fenster gibt, es ist immer der gleiche kahle Raum im Neonlicht, ob es mittags ist oder nachts, Weihnachten oder der Mittsommertag.

Jedenfalls, ich komme aus dem Umkleideraum und stelle fest, in den Klinikgängen standen sonderbare Apparate, die ich noch nie gesehen hatte. Die kleinen Bäume vor der Klinik waren riesige knorrige Eichen geworden. Die Läden waren plötzlich ganz andere. Da wurde mir klar, dass viele Jahre vergangen waren, in den wenigen Minuten, wo ich mich umgezogen hatte. Da getraute ich mich nicht, nach Hause zu fahren. Zu Hause, das wird es ja gar nicht mehr geben, dachte ich. Ich setzte mich auf eine Bank und sah den seltsamen Flugapparaten zu, die langsam und lautlos über das Klinikgebäude schwebten.«

Ich wusste nicht, was ich darauf antworten sollte. Ich trat neben sie ans Fenster. Eine Frau, die ich noch nie gesehen hatte, hängte im Hof Wäsche auf. Eine Katze schnupperte an dem Korb mit den Wäscheklammern. Jetzt verschwand die Gestalt der Frau hinter den blendend weißen Laken. Über den Himmel zogen rasch große gelbliche Wolken, die Überreste des Regenwetters, das in der Nacht über uns hinweggezogen war. Gegenüber rieb sich ein Mann vor dem offenen Badezimmerfenster die Wangen mit Rasierschaum ein.

»Zum ersten Mal erzählst du einen Traum, und dann gleich so etwas«, sagte ich. »Für den Anfang ganz beachtlich.«

»Was bedeutet er denn? Du kennst dich doch in diesen Nachtdingen aus?«

Nachtdinge? Ich überlegte, doch Malin wartete nicht auf meine Deutung. Schließlich musste sie schon wieder zur Arbeit. Gutes tun. Sie drückte die Zigarette aus und ging ins Badezimmer hinüber. Ich stellte mir vor, wie sie sich dort das Nachthemd über den Kopf zog und der Spiegel über dem Waschbecken das Bild ihrer kleinen weißen Brüste zurückwarf. Eine Zeit lang war es still. Dann hörte ich, wie sie den Duschhahn aufdrehte. Das Geräusch des Wassers, das an ihrem Körper herabfloss und gegen die Wanne prallte, kam mir seltsam fremd vor, wie aus einem mir unbekannten Zusammenhang gerissen. Vielleicht, weil ich noch nie so bewusst hingehört hatte. Ich erinnerte mich daran, wie ich in Abisko gezögert hatte, den Duschhahn zuzudrehen, aus Angst vor der Stille. Hier in Stockholm könnte man freilich sein ganzes Leben damit zubringen, alles nur irgendwie Erreichbare zuzudrehen, abzustellen, auszuschalten, und wäre von der Stille Abiskos doch immer gleich weit entfernt. So wie man dem Mond nicht wirklich näher kommt, wenn man auf den Dachboden steigt und ihn von dort anschaut.

*

Ich ging zu Fuß ins Zentrum. Als ich am Bahnhof ankam, beschloss ich, im Café Oasen in der Bahnhofshalle einen Kaffee zu trinken. Schließlich würde Emma um diese Zeit wohl noch schlafen, sagte ich mir. In Wirklichkeit war es eher die Angst vor irgendeinem nicht genau vorstellbaren Unglück, das mich die Heimfahrt nach Bromma hinauszögern ließ. Es kam mir in den Sinn, wie ich selbst vor vielen Jahren hier angekommen war, als angehender Student der Universität Uppsala.

Der Nachtzug aus Malmö stand schon im Bahnhof, als ich damals aufwachte. Der Gang war leer: Alle anderen Reisenden waren längst ausgestiegen. Der süßliche Fußgeruch meines Nebenmannes stand aber noch im Abteil. Ich schob das Fenster herunter und lehnte mich hinaus. Vom anderen Ende des Wagens wurden Haufen von Bettwäsche auf den Bahnsteig hinausgeworfen.

Warum mich das weiße Leinenzeug auf dem schmutzigen Asphalt lebhaft an meine Kindheit erinnerte, an graue Sommernachmittage im Krankenhaus und im Krankenhauspark, durch den ein dunkler und, wie mir damals schien, grundloser Bach führte, wusste ich freilich nicht mehr zu sagen.

Ich putzte mir die Zähne und kämmte mich. Schon damals erschien mir mein Haar in fremden Spiegeln immer noch schütterer als sonst. Es scheint ja auch keine benennbare Farbe zu haben, wie mir Malin öfter vorhielt. Ich reinigte auch sehr langsam und umständlich meine Brille, sorgfältiger jedenfalls, als man so etwas in der Waschkabine eines Liegewagens wohl sonst tut. Ich benutzte damals schon die weißen Taschentücher, die so groß sind, dass sie für Friedenssignale taugen würden. An diesem Tag sollte, wie es in den Romanen immer heißt, ein neuer Lebensabschnitt beginnen. Wenn es das gäbe, wenn man sein Leben in Kapitel gliedern könnte, die dann für sich kleine, überschaubare Einzelleben bildeten; Abschnitte, die sich nicht gleich wieder ineinander verzahnten, verwickelten, unüberschaubar wurden …

Als ich meinen Kaffee bezahlte, schien die Frau an der Kasse, deren Bewegungen vor Geistesabwesenheit ganz langsam waren, durch mich hindurchzusehen. Ich fühlte mich wie erschlagen, denn ich bin es ja durchaus nicht gewohnt, so früh aufzustehen. Und mitzuerleben, wie alles sich mühsam und lustlos aufrappelt zu einer neuen Vorstellung. Jetzt hatte ich das Gefühl, als sei ich im gleichen Maß weniger sichtbar, wie ich selbst nur Bruchstücke von der Wirklichkeit wahrnahm.

Ein paar Meter entfernt sah ich im durchleuchteten Wasser eines Aquariums blassrote und elfenbeinfarbene Fische auf- und abschwimmen, mit Flossen, die großen Federn glichen. Das lautlose Schweben der Fische über dem schimmernden Kiesboden und zwischen den verschlungenen Wasserpflanzen ließ mir die Passanten einen Augenblick lang wie schwerfällige Kriechtiere vorkommen, ihr aufrechter Gang ein Kunststück, das sie gerade erst leidlich beherrschten, obwohl die Tage des einsam und in melancholischer Majestät über die Baumwipfel hinwegschwebenden Adams der Skoltlappen doch schon weit zurücklagen.

Ich lehnte mich zurück. In der Erschöpfung spürte ich die Streben der Stuhllehne schmerzhaft im Rücken. Ich nahm die Brille ab und rieb mir die Augen. Verschwommen erkannte ich einen Mann, der mit einem leeren Papageienkäfig in der Hand vorbeischlurfte. Dann rannte ein Schulkind vorüber, so nahe, dass das Klappern der Bücher im Ranzen zu hören war. Nachdem ich die Brille wieder aufgesetzt hatte, lag ein paar Meter entfernt eine rote Kindermütze auf den Steinfliesen, momentelang von den Vorübergehenden verdeckt, dann war sie wieder zu sehen.

Plötzlich, als ich die Beine ausstreckte, flog unter dem Tisch eine Taube auf. Ich spürte den Luftzug an der Wange. Die Taube flatterte über die gleichgültig gegen den Boden gesenkten Köpfe der Passanten hinweg. Dicht unter der Dachwölbung der Bahnhofshalle sind Fenster eingelassen, jeweils drei Flügel mit sechs Scheiben. Der wolkenlose Septembermorgenhimmel dahinter war fahl, wie erfroren. Einige der Flügel standen offen. Auf den Simsen saßen Dutzende von Tauben. Ich dachte lange darüber nach, wie diese Fenster in schwindelnder Höhe wohl geöffnet und geschlossen würden. Auf einmal hörte ich vor mir eine Stimme:

»Das hab' ich mich auch schon oft gefragt: wie die wohl die Fenster da oben auf- und zumachen.«

Ich senkte den Blick, und vor mir stand – soll ich sagen eine Frau? Sie trug ein kurzes ärmelloses Kleid, für das der Morgen noch viel zu kühl war. Es sah genau so aus wie dasjenige von Emma; offenbar waren solche Kleider gerade in Mode. Ihre Lippen waren erdbeerrot bemalt, noch ein Stück über die Mundwinkel hinaus. Sie hatte einen grünen Lidschatten aufgelegt, der auf eine schon fast schmerzliche Weise von den hellblauen Augen abstach. Die blonden Haare trug sie aufgesteckt; einzelne Strähnen hatten sich gelöst und ringelten sich über den bleichen Schläfen. Ihre Ohrgehänge – sie stellten Seepferdchen oder so etwas Ähnliches dar – waren so schwer, dass sie die Ohrläppchen etwas in die Länge zogen.

»Wie ist es, kannst du mir vielleicht einen Kaffee spendieren?«, fragte sie. »Ich heiße übrigens Klara, falls es dich interessiert.«

»Sollte mich das denn interessieren?«, fragte ich. Sie antwortete darauf nichts. Ich langte in meine Jacketttasche, die immer voller Wechselgeld ist, und reichte ihr zwei Zehnkronenstücke über den Tisch. Als sie zurückkam und sich mit ihrer Tasse mir gegenüber setzte, sah ich in ihrem Ausschnitt einen Moment lang die kleinen, spitz zulaufenden Brüste. Sie lachte und sagte:

»Nun sag du nicht auch noch, die sind zu klein! Ich krieg' sonst noch Komplexe. Findest du, sie sind zu klein?«

Ich ging darauf natürlich nicht ein.

»Was treibst du denn so früh morgens auf dem Bahnhof? Du müsstest doch bestimmt in der Schule sein.«

Sie grinste mit ihren dickbemalten Lippen. Sie sah mich von der Seite an und zog die Schultern hoch. Dann nahm sie aus ihrer winzigen Umhängetasche eine Schachtel Marlboro Lights und zündete sich eine an, mit müden und fahrigen Bewegungen.

»Ich brauche keine Schule. Was ich wissen muss, das weiß ich. Ich könnte dich ja überhaupt dasselbe fragen. Ein erwachsener Mann, sitzt hier rum und verwickelt minderjährige Mädchen in Gespräche, statt unterwegs ins Büro zu sein. Ich frag' aber nicht. Es ist mir scheißegal, warum du hier bist. Aber *dass* du hier bist, das finde ich lustig.«

»Nein, so lustig finde ich das nicht«, sagte ich, und es tat mir im selben Moment fast Leid, dass ich gegenüber diesem hilflosen Geschöpf so griesgrämig und schlecht gelaunt war, wie ich es gegenüber Kindern eben unwillkürlich bin. Aber sie lachte und schüttelte sich dabei, so dass die Ohrgehänge ein leises, fernes Klingeln von sich gaben. Irgendetwas muss mit meinem Mienenspiel nicht in Ordnung sein, denn es drückt meist das Gegenteil von dem aus, was ich hineinzulegen glaube. Wenn irgendwelche wildfremden Kinder auf einer Parkbank an mir herumzerren und auf meine Knie klettern, dann wird das Kichern und Glucksen umso ausgelassener, je wilder, strenger und abweisender ich dreinzusehen versuche.

»Es gibt hier aber immer etwas zu sehen, findest du nicht?«, sagte sie, den Kopf so schief gelegt, dass eines der Seepferdchen frei herabbaumelte.

Ich sagte »doch, schon«, oder so etwas Ähnliches, denn mir kam dieses Gespräch plötzlich recht fragwürdig vor.

»Schau dir doch zum Beispiel mal die an.«

Sie deutete mit der Zigarette zwischen ihren Fingern auf eine Frau, die in einem seideschimmernden cremefarbenen Brautkleid vorbeischwebte, die nackten Füße in ausgetretenen Sportschuhen.

»Oder siehst du das dünne Mädchen da vorne?«

Ein etwa vierzehnjähriges Mädchen mit hüftlangen rotblonden Haaren lehnte an der Brüstung der Treppe, die zum Tiefgeschoss hinunterführt. In ihrer Hand schien sie etwas zu verbergen, eine Karte oder eine Fotographie möglicherweise.

»Was ist mit ihr?«, fragte ich.

»Das ist doch ganz klar. Wo lebst du denn bloß. Sie sucht nach einem Kunden für ihre Selbstporträts. Wie das geht? Sie kniet sich im Fotoautomaten auf den Hocker, wirft das Geld ein und zieht sich das Kleid hoch, bis zu den Achselhöhlen. Klick! Man kann sehr gut Geld machen mit solchen Bildern, das kann ich dir flüstern.«

Ich fragte sie, wer um Himmels willen denn so etwas kaufe.

»Solche Typen eben. Solche wie der, zum Beispiel. Der kauft so was. Und noch ganz andere Dinge. Jeder kennt ihn hier. Er ist von allen der Allerschlimmste.«

Sie deutete auf einen Mann in einem gelbkarierten Jackett, der, den Kopf nach vorne geneigt, am Aquarium vorbeischlurfte. Es war Gudmundson. Der gutmütige Gudmundson mit den Fernfahrergeschichten aus dem sonnigen Süden und den lustig-besänftigenden Zeitungsmeldungen. Ich sagte ein wenig heiser:

»Ist sie denn eine Freundin von dir?«

»Ja, glaubst du denn etwa, ich habe Freundinnen hier im Bahnhof?«

Als ich den Bahnhof verließ, tat mir der Kopf weh. Die Vorstellung, Gudmundson kaufe kleine schmutzige Bildchen von drogenabhängigen Kindern oder auch gleich diese Kinder selbst, machte mich wütend auf mich selbst. Eine Spur von Menschenkenntnis sollte man doch erwarten dürfen, von einem Mann Anfang vierzig wie mir. Fernfahrerromantik!

Es war immer noch gespenstisch früh, und Vasagatan lag noch fast menschenleer im Morgenschatten. Vor der Buchhandlung gegenüber schüttete jemand einen Eimer Wasser über das Trottoir. Weiter weg, über Riddarfjärden, blinkten die Leiber von ein paar Möwen in der Sonne auf. In der Ferne war das Rattern eines Zuges zu hören, der über die Zentralbrücke rollte. Vorne an der Kreuzung sprang die Ampel für die Autos auf Grün, doch bewegte sich da nichts außer einem kleinen weißen Schmetterling, der über dem bläulichen Asphalt flimmerte.

*

Zu Hause in Bromma ging ich zuerst auf den Spielplatz, um mich in der Nähe des Eisenzeitmenschen ein wenig auszuruhen. In letzter Zeit hatte er nur noch geschwiegen; aber vielleicht war ich es selbst gewesen, der für eisenzeitliche Gespräche nicht gestimmt war. Schon von weitem sah ich Emma, in einem alten karierten Jackett von mir. Sie kauerte sich gerade neben den Stein des Vorzeitmenschen und legte das Ohr daran.

»Ich kann ihn hören«, flüsterte sie. »Er schnarcht ein wenig, das ist aber nicht fein. Jetzt spricht er im Schlaf. Weißt du, was er sagt? Es ist so langweilig hier drinnen. Wenn man doch ein wenig verreisen könnte ...«

»Weil wir gerade beim Verreisen sind«, sagte ich und holte die Reservierung für den Nachtzug nach Abisko aus meiner Brusttasche. »Ich möchte, dass du heute zurückfährst. Nicht erst in ein paar Tagen. Frau Fries wirst du eben solange aus dem Weg gehen. Oder sag ihr, was du von ihr hältst. Ich habe mit deiner Mutter telefoniert. Sie war riesig erleichtert, dass dir nichts zugestoßen ist und dass du morgen wieder zu Hause sein wirst.«

Natürlich hatte ich nicht mit Frau Holmquist telefoniert. Wie käme ich dazu? Aber die bloße Behauptung verfehlte ihre Wirkung nicht:

»Das hast du wirklich gemacht? Ich hätte nie gedacht, dass du so gemein sein kannst. Was habe ich dir denn nur getan?«

Ich wandte mich um und ging in die Wohnung zurück. Ein ohrenbetäubendes Heavy-Metal-Gedröhne schlug mir entgegen: Emma hatte das Radio laufen lassen. Ich stellte es ab und setzte Teewasser auf. Noch ehe es zu sieden begann, stand Emma in der Küchentür:

»Gut. Du hast gewonnen«, sagte sie. »Und danke für alles.«

»Es war keine besonders gute Idee, einfach so das Weite zu suchen.«

»Wahrscheinlich nicht«, sagte sie und kämpfte mit den Tränen.

»Kann gut sein, dass ich mal vorbeischaue bei euch oben.«

*

Ich brachte Emma noch zur Tunnelbahnstation. Auf dem Weg den Abhang hinunter roch es nach dem frisch gefallenen Laub und nach dem feuchten Waldboden. Vor uns glitt ein in der Sonne feuerrot leuchtendes Eichhörnchen einen Kiefernstamm hinauf.

»Wusstest du, dass man aus dem Nest gefallene Eichhörnchenbabies durch Mund-zu-Mund-Beatmung retten kann?«, fragte ich sie, um sie ein wenig aufzuheitern. Emma sagte darauf nichts.

Zum Glück kam gerade ein Zug, und so war gar keine Zeit zu überlegen, wie wir uns verabschieden sollten. Im Supermarkt an der Station kaufte ich noch ein paar Sachen ein, lauter unsinniges Zeug, wie ich dann zu Hause feststellte.

*

Später versuchte ich ein wenig zu arbeiten. Aber ich konnte mich nicht recht konzentrieren. Wörter von einer Sprache in die andere zu übertragen, um sich von dem Erlös etwas zu essen zu kaufen: Ist das nicht kompletter Unsinn? Und dann die Sache mit Gudmundson. Natürlich musste ich zur Polizei gehen. Doch was sollte ich dort eigentlich erzählen?

Dann glaubte ich aus Frau Armgarts Wohnung Geräusche zu hören. Stühlerücken und leise Schritte. Aber das konnte nicht sein. Frau Armgart saß ein paar hundert Meter entfernt in ihrem dezent eingerichteten Büro, in einem mit verbindlicher, mitfühlender Stimme geführten Gespräch mit trauernden Hinterbliebenen.

Schließlich nahm ich die Zeitung und ging auf den Spielplatz hinaus. Kein Zweifel: Seit Sonntag, als Malin mir dort die Augen zugehalten hatte, war der Herbst ein Stück vorangekommen. Über den Weg und den Sandkasten waren gelbe Blätter verstreut, seltsam gleichmäßig, als habe sie jemand mit Bedacht über den Spielplatz verteilt. Die Sonne schien noch immer sehr warm, wenn man auch nicht mehr das Bedürfnis verspürte, sich die Hemdsärmel aufzukrempeln.

Ich setzte mich auf die Bank vor dem Grab. Über den Himmel verteilt schwebte ein halbes Dutzend bunter Werbeballons. Ein Stück den Hang hinab brannte das Karminrot von Vogelbeeren, vor einem fernblauen Waldsaum, der im Sommer nur an wenigen Stellen zu sehen gewesen war. In solche unbestimmte Fernen, statt an Orte, Plätze, andere Verbindungswege, führten die Straßen in Abisko, in meiner Vorstellung. Kaum je habe ich jemanden auf diesen Straßen gehen sehen, die doch so breit und hell sind, als wollten sie jeden zum Weggehen einladen. Wohin es ginge, sieht man von jedem beliebigen Punkt Abiskos aus. In eine Landschaft, deren Ignoranz gegenüber demjenigen, der sich in ihr bewegt, nicht zu übertreffen ist. Aus der Ferne betrachtet ist der Hochwald mit seinem von Moos und Laub gesprenkelten Boden und den darüber ineinander verkrallten Baumkronen nur eine graubraune, gewellte Fläche. Die Schneeflecken auf den Bergen erinnern an die Laken an der Wäscheleine, hinter denen man sich versteckte in den frühesten Kindertagen. Sind sie doch weißer als der Himmel an seiner weißesten Stelle.

»Das hätte ich mir freilich gleich denken können,

dass ich dich hier treffe«, hörte ich plötzlich Malins Stimme neben mir. Unsanft stellte sie meinen alten Koffer, in dem ich vor Jahren einige meiner Sachen in ihre Wohnung gebracht hatte, auf die Bank.

»Aber für deine Unterredungen mit diesem Eisenzeitmenschen hast du von jetzt an unbegrenzt Zeit. Oder mit wem sonst du dich eben unterhalten willst. Hier hast du deine Sachen. Du brauchst dich bei mir nie mehr blicken zu lassen.«

Ich war so überrascht von diesem Auftritt, dass ich sie eine Weile nur anstarren konnte. Wie sie wieder angezogen war! Sie trug einen von diesen gestaltlosen Blazern, wie man sie oft an Lehrerinnen sehen muss, und dazu einen blaukarierten Faltenrock. Ihren Mund hatte sie zusammengepresst, so dass es aussah, als hätte sie gar keine Lippen.

»Setz dich doch hin«, versuchte ich es schließlich, »man kann sich doch über alles unterhalten.«

»Nein, das kann man nicht«, entgegnete sie, die Arme in die Hüften gestemmt, die Augen zusammengekniffen, als fixierte sie einen fernen Gegenstand. »Es gibt Dinge, über die man sich durchaus nicht unterhalten kann, Harald Behringer. Du weißt, wovon ich spreche. Leb wohl, oder soll ich vielleicht sagen: lebt wohl.«

Damit kehrte sie mir den Rücken zu und stöckelte durch das hohe Laub über den Spielplatz davon. Eine Elster flatterte erschrocken auf und rettete sich auf die Wippe. Vorn an der Straße stieg Malin dann in ein Taxi, mit dem sie wohl schon gekommen war. Das Taxi brauste davon, mit quietschenden Reifen, wie in einem Kriminalfilm. Ich blickte auf die Steinplatte vor mir, die sich ruhig und unbekümmert von der Spätnachmittagssonne bescheinen ließ, demonstrativ, als sollte ich von der vollkommenen Gleichgültigkeit solcher temporärer Vorfälle überzeugt werden.

Nein, ich bin Malin nicht nachgelaufen, habe sie nicht auf den Knien um Vergebung gebeten für eine Schuld, der ich mir durchaus nicht bewusst bin. Vielleicht empfand ich sogar ein leises Gefühl der Erleichterung. Schließlich sind wir ja doch Bewohner zweier völlig verschiedener Welten gewesen, Malin und ich. Ich bin noch lange auf meiner Bank vor dem Grab sitzen geblieben und habe nachgedacht, über Abisko und die Vollständigkeit, die dort mit dem morgigen Tag wieder herrschen würde. Als habe Emmas Besuch bei mir nur den Sinn gehabt, mir vor Augen zu führen, wie zusammenhängend und von tiefen Übereinstimmungen erfüllt die Welt im Grunde war.

Aber das war nichts als ein kleiner flüchtiger Unsinnsgedanke, wie er durch den Kopf eines Eisenzeitmenschen gehen mag, der an den weiten Ufern des Mälarsees ein Dasein ohne Minigolfbahnen, Fertigsaucen, Sjöwall-Wahlöö-Krimis und Achterbahnen verfolgt. In der ahnungslosen Kenntnis der Naturzusammenhänge, denen Frau Fries nachspürte, immer mehr versteinernd. Denn man sollte sich nicht dazu verleiten lassen, in Abisko irgendetwas Besonderes sehen zu wollen, als bezeichne es eine träumerische Selbstvergessenheit oder eine in Worten nicht festzulegende Sehnsucht, etwas Durchsichtiges, das dabei wäre zu verdämmern. Ein Jenseitsreich. Es ist ein Dorf, das sich nicht von den anderen kleinen Ortschaften im hohen Norden unterscheidet. Schließlich, das muss man sich immer wieder vor Augen führen, ist die ganze Welt gleichmäßig mit Wirklichkeit bedeckt. So auch Abisko. Die hölzernen Häuser sind meistens mit roter Falunfarbe gestrichen. Zu den größeren Gebäuden gehört das Schulhaus. Am Nachmittag fällt das Sonnenlicht so durch die Fenster, dass man von der Straße aus die auf den Tischen stehenden Stühle sehen kann und die Zeichnungen an der Seitenwand des Klassenzimmers. Wälder schließen Abisko von drei Seiten ein, und der See im Norden ist vielleicht ebenfalls ein Wald, ein Wald von Wasser, wie Frau Fries seinen Namen deutete; ich habe das aber nicht nachgeprüft.

Ich saß da, bis dunkle Wolken von Westen her den Himmel zu bedecken begannen und eine feuchte Kälte aufkam. Ein großer Schwarm von Staren zog über das Mälartal, das einstmals eine weite schweigende Wasserfläche war, durchsetzt von unbewohnten Inseln.

Am Abend saß ich lange im Dunkeln am Schreibtisch, lauschte dem nervösen Trommeln des Regens auf dem Fensterbrett und dem Rauschen der Bäume im Herbststurm und wartete darauf, dass Frau Armgart vom Bestattungsinstitut nach Hause käme. Den Hausflur durchmesse, mit hallenden Absätzen, ihre Tür aufschlösse, die Schuhe von sich streifte, etwas später in ihr Badezimmer ginge, um zu duschen, sich dann die *Aktuellt*-Sendung ansähe, schließlich das Radio aufdrehte, wie einem sanften Gesetz unterworfen. Ihr dezent entferntes Dasein, und das unbeirrbar Wiederkehrende an ihr. Sie gleicht einem Himmelskörper. Eines Tages werde ich zu ihr hinübergehen, sie wird mir die Tür öffnen und mich hereinbitten. Ohne Überraschung; irgendwann musste ich ja kommen. Ja, ich werde hinübergehen und mit ihr sprechen. Ich bin fest dazu entschlossen. So etwas darf aber nicht übereilt werden. Man kann gar nicht lange genug überlegen, wenn es darum geht, zu dem richtigen Menschen die entscheidenden Worte zu sagen. Und man muss den richtigen Moment erwarten können. Aber wir sind in der glücklichsten Lage, Frau Armgart und ich: Wir haben Zeit. Ein paar hundert Jahre spielen in unseren Augen keine Rolle.

Klaus Böldl
Studie in Kristallbildung
Roman · Band 2389

Johannes Grahn flieht vor seiner Vergangenheit nach Ostgrönland und arbeitet dort als Hotelchauffeur. Als ein Gast aus Österreich in dem Hotel absteigt, stellt sich heraus, daß beide eine gemeinsame Bekannte hatten: eine junge Frau, die, kurz nachdem sie mit Grahn eine Affäre hatte, bei einem Unfall umkam. Wenig später stirbt ein Eskimomädchen – wieder war Grahn in der Nähe des Unfallorts.

»Klaus Böldls erster Roman überzeugt durch seine glasklare, geschliffene Sprache und mit Aperçus, die glitzern und funkeln wie die Eiskristalle der Geschichte selbst. ›Studie in Kristallbildung‹ ist das außergewöhnliche Debüt eines versierten Erzählers.« Michael Bauer, *Süddeutsche Zeitung*

»...ein genauer Beobachter, ein großer Komiker.« Hellmut Karasek im *Literarischen Quartett*